# Savannah

**TOME 11**

## La malédiction d'Osiris

Éditrice-conseil: Nathalie Ferraris
Révision: Monique Lepage
Correction: Anne-Marie Théorêt
Infographie: Chantal Landry

Photos intérieures: Shutterstock

DISTRIBUTEUR EXCLUSIF:

**Pour le Canada
et les États-Unis:**
**MESSAGERIES ADP***
2315, rue de la Province
Longueuil, Québec J4G 1G4
Téléphone : 450-640-1237
Télécopieur: 450-674-6237
Internet: www.messageries-adp.com
* filiale du Groupe Sogides inc.,
  filiale de Québecor Média inc.

Gouvernement du Québec –
Programme de crédit d'impôt pour
l'édition de livres – Gestion SODEC –
www.sodec.gouv.qc.ca

L'Éditeur bénéficie du soutien de la
Société de développement des entre-
prises culturelles du Québec pour son
programme d'édition.

Nous reconnaissons l'aide financière
du gouvernement du Canada par
l'entremise du Fonds du livre du
Canada pour nos activités d'édition.

10-15

© 2015, Recto-Verso, éditeur
Charron Éditeur inc.,
une société de Québecor Média

Charron Éditeur inc.
1055, boul. René-Lévesque Est, bureau 205
Montréal, Québec, H2L 4S5
Téléphone: 514-523-1182

Dépôt légal: 2015
Bibliothèque et Archives nationales
du Québec

ISBN 978-2-924381-41-0

# Sylvie Payette

# Savannah

## TOME 11

## La malédiction d'Osiris

Illustrations : Géraldine Charette

RECTO
**VERSO**

Une société de Québecor Média

# Chapitre 1

Il pleuvait fort et la vue du haut de la falaise était complètement cachée sous la brume. Que faisions-nous là, Rafi et moi, au lieu d'être à l'abri et au chaud?

J'étais penchée sur le bord d'un précipice et je tenais fermement les vêtements de mon amoureux à deux mains. Je m'y agrippais, décidée à rester ainsi jusqu'à ce que les secours arrivent.

— Rafi, tiens bon… je t'en supplie, ai-je murmuré en serrant les dents très fort.

— Je vais tenter de lâcher une main pour attraper la branche.

— Non, tu vas tomber… À l'aide! Venez-nous aider! ai-je crié le plus fort possible.

— Personne ne nous entend, Savannah. Écoute-moi… je vais essayer de grimper.

Rafi se retenait d'une main à un rocher et, de l'autre, à la racine d'un arbre. Il était suspendu dans le vide. Il avait glissé sur la pierre humide. Le précipice semblait assez profond; on ne voyait pas le sol.

Je ne savais plus quoi faire et les larmes me brouillaient la vue. J'agrippais mon amoureux de toutes mes forces. Je ne voulais pas bouger de peur de faire un faux mouvement.

C'était de la faute d'Osiris si nous nous étions aventurés sur ce sentier à l'écart du chemin. Les autres étaient sans doute déjà loin. Moi, j'aurais tout donné pour reculer dans le temps et ne pas m'être éloignée du groupe.

Mes mains commençaient à trembler de fatigue.

— Savannah, concentre-toi. Tu dois m'écouter. Tu ne tiendras plus longtemps.

— Rafi, je ne veux pas que tu tombes, je t'en supplie…

— Je t'aime, c'est tout ce qui compte. Souviens-toi toujours que je t'aime.

— Non, je ne veux pas… Je vais te sortir de là, ai-je soufflé d'une voix étouffée par l'émotion.

Les larmes coulaient doucement sur mes joues.

— Cette fois, c'est trop difficile. Je veux que tu me lâches, d'accord? Parce que si je tombe, je refuse de t'entraîner avec moi… Tu m'écoutes?

— Non, je ne te lâcherai jamais, ai-je répliqué.

Rafi faisait preuve de tellement de courage que je l'aimais encore plus, et il n'était pas question qu'il tombe dans le vide. Il devait y avoir une solution. Il fallait qu'il existe un moyen de sortir de ce cauchemar.

Trois jours plus tôt

# Chapitre 2

Nous avions décidé de continuer notre voyage après avoir fait le tour de Paris une dernière fois et que j'ai vu, de mes yeux, le fameux tableau de Poussin au musée. J'avais finalement compris que ce n'était sans doute qu'un tableau contenant tous les symboles des initiés. On y retrouvait la géométrique sacrée et des signes d'ésotérisme évidents, mais rien pour moi dans ces messages cachés.

C'était une façon qu'avait choisie le peintre pour transmettre ses connaissances. Aucun indice dans cette toile ne me disait comment ouvrir mon cryptex.

Même constat à Rennes-le-Château où nous étions retournés en sachant mieux, cette fois-ci, ce que nous voulions découvrir dans ce village où un mystérieux curé avait laissé des informations codées. Il y avait forcément un secret dans ce charmant hameau, mais il n'était pas en lien avec ce que je cherchais.

Que ce trésor soit relié aux Wisigoths ou à la religion, d'autres allaient le découvrir dans les prochaines années, je n'en doutais pas.

Grace à mon ami Sogô, nous avions maintenant un avion équipé de tout notre matériel et mes amis étaient venus me rejoindre. Ils étaient tous là pour m'appuyer dans ma quête : Jobs l'expert en informatique, Alexandre l'historien, ainsi que mes amies Charlotte, Camille et Anaïs, qui était venue nous retrouver après avoir passé quelque temps avec son nouvel amoureux, Liam. Mon frère, Loup, était aussi de l'expédition, avec Mathilde, sa copine. Bien entendu, Rafi ne me quittait pas d'un pas.

Après avoir fait le point sur la situation, nous avons décidé d'aller dans les Pyrénées à un endroit incroyable, Ille-sur-Têt. Ce qu'on appelle les orgues sont en réalité de magnifiques rochers qui s'élèvent comme des tuyaux d'orgues. Nous étions venus dans ce secteur après avoir imaginé que la tête montrée du doigt dans le tableau de Poussin pourrait nous indiquer un lieu dont le nom contenait le mot « tête » ou « têt ».

Mais la fatigue nous gagnait de plus en plus. J'avais l'impression de courir depuis le début de l'été. Les cours allaient reprendre dans quelques jours et j'avais envie de m'arrêter un peu, le temps de souffler et de repenser à tout ce que j'avais découvert en si peu de temps.

J'avais l'impression de m'enliser au lieu d'avancer ; trop d'informations se bousculaient dans mon cerveau.

J'ai été surprise de découvrir que les Romains avaient passé beaucoup de temps dans ces montagnes majestueuses. Nous trouvions aussi des traces du passage des Templiers et de différentes confréries ayant visité les Pyrénées.

À Alet-les-Bains, nous avions vu la maison de Nostradamus. Toute une histoire que j'ignorais. Il aurait été de confession juive, mais sa famille se serait convertie au catholicisme pour une raison qu'on ignore. Leur nom viendrait de l'église de Notre-Dame qui était voisine de leur résidence.

J'ai eu envie d'en apprendre plus sur cet étrange mage qui prétendait voir l'avenir dans ses songes. Je pensais qu'il était né à Saint-Rémy-de-Provence, mais, selon certains historiens sérieux, il serait plutôt né à Alet-les-bains.

Michel de Notre-Dame, dit Nostradamus, était un médecin qui avait de grandes connaissances en alchimie. Ce qu'on retient surtout de lui, ce sont d'étranges écrits intitulés *Les Centuries*, des séries de textes sous forme de quatrains au sens nébuleux, qui prédiraient l'avenir.

Depuis plusieurs années, des passionnés tentent de déchiffrer ses textes codés. Nostradamus utilisait les chiffres, le latin et le vieux français. Il inversait aussi des lettres. Tout pour cacher l'information. Il disait qu'un jour quelqu'un pourrait traduire ses textes.

Il faut dire qu'à l'époque toute personne faisant ce genre de prédictions était considérée comme un sorcier, pire, comme un hérétique. Elle pouvait être arrêtée et jetée en prison où on l'aurait oubliée à jamais, ou encore brûlée sur la place publique. Rien de très tentant. Donc, le mage avait dissimulé ses découvertes grâce à un langage presque impossible à comprendre.

Heureusement pour lui, il fut le protégé de la reine Catherine de Médicis, l'épouse de Henri II. Elle adorait tout ce qui était ésotérique et n'hésitait pas à utiliser la sorcellerie. Je me souvenais de ce que nous avait raconté le guide touristique lorsque nous étions dans la région de la Loire. Catherine de Médicis avait même amené avec elle son mage-sorcier lorsqu'elle avait quitté l'Italie pour se marier en France.

Pour rendre ses textes encore plus incompréhensibles, Nostradamus en a mélangé l'ordre afin qu'on ne les associe pas facilement à des époques. En voici un exemple, tiré de *Centuries VI* :

> *« L'honnissement puant abominable*
>
> *Après le faict sera félicité,*
>
> *Grand excusé, pour n'estre favorable,*
>
> *Qu'à paix Neptune ne sera incité. »*

J'ai eu beau tourner ce texte dans tous les sens, je n'y ai rien compris. Je ne suis clairement pas la personne qui pourra décoder les écrits de cet homme !

Une fois dans les hauteurs des Pyrénées, j'ai été intriguée de constater qu'il y a des centaines d'années, autant de gens habitaient ou visitaient cette région éloignée et si difficile d'accès. N'oublions pas que les montagnes sont abruptes et qu'avant d'entreprendre la construction de routes, il fallait être convaincu d'y trouver quelque chose d'important pour s'y risquer.

Il y avait plusieurs sources d'eau dans la région et les Romains étaient friands de bains, surtout ceux avec des eaux sulfureuses qui soignaient certaines maladies de peau ou soulageaient l'arthrite. Ces eaux sont d'ailleurs toujours recherchées aujourd'hui pour leurs bienfaits.

Mais ce qui attirait tant les Romains et les Templiers, c'étaient sans aucun doute les sources d'eau salée qui foisonnaient dans certains endroits. Le sel était extrêmement précieux à l'époque, presque autant que l'or.

Tout d'abord, les soldats et les travailleurs recevaient chaque semaine du sel en salaire, un mot qui vient du terme latin *salarium*. Ensuite, le sel était essentiel à la conservation des aliments en plus de servir de monnaie d'échange. Les mines de sel et les rivières salées permettaient de se procurer de bonnes quantités de cet élément si recherché, appelé à l'époque l'or blanc.

Mais pour les Templiers, à quoi cette substance pouvait-elle bien servir ? Eh bien, justement, pour fabriquer de l'or, il leur fallait du sel. Tous les alchimistes vous le diront, le sel est essentiel à la création de la pierre philosophale. Mais bon, restons plus terre à terre et disons que les Templiers avaient aussi besoin des mines de sel, car elles devaient leur apporter de très bons revenus.

Il y a tellement de grottes dans ces montagnes des Pyrénées. Comment savoir si l'une d'entre elles contient encore un trésor abandonné par les Chevaliers?

J'en étais là dans mon voyage quand j'ai eu envie de revoir les calculs d'Alexandre. Il avait dit avoir percé le secret des lettres sur la gravure de pierre d'Angleterre: cette dernière, affirmait-il, nous donnait des points de longitude et de latitude conduisant directement vers un coin de la Nouvelle-Écosse. Comme plusieurs chercheurs affirmaient que ces lettres étaient une anagramme de Nova Scotia, cette information nous indiqua notre prochaine escale.

J'ai annoncé à mon équipe que nous retournions chez nous. Il était temps de retraverser l'Atlantique!

# Chapitre 3

Depuis la découverte de la trahison de Cristo, un sentiment de tristesse ne me quittait plus. Je voyais bien que mon vieil ami Sogô était aussi affecté par cette traîtrise.

Il y avait eu Monsieur Mystère (Klaus) et la Pieuvre, cette organisation « tentaculaire », qui tentaient de me voler mon cryptex, puis notre ami Cristo qui s'était retourné contre nous. C'était peut-être trop ; je devais retourner aux sources.

Nous sommes montés dans l'avion et j'ai dû faire une place à Marje, l'ex-petite amie de Rafi que nous devions protéger.

Pour se venger de moi et tenter de récupérer l'amour de Rafi, elle nous avait livrés, elle aussi, à nos ennemis. Heureusement, elle avait découvert le piège dans lequel elle était tombée et m'avait sauvée en avouant tout à mon amoureux. Elle avait même accepté de jouer un double jeu pendant un certain temps pour me venir en aide. Et étant donné qu'elle avait permis d'arrêter des gens de la Pieuvre, nous devions la traîner partout comme un boulet pour assurer sa protection.

Je lui étais reconnaissante, mais je n'avais pas vraiment envie de la garder avec nous. En plus, elle ne connaissait rien de notre recherche. Mais je n'avais pas le choix. :p

Je ne la supportais pas et je rêvais de l'abandonner sur une île lointaine. Je ne lui souhaitais aucun mal, mais j'aurais aimé la savoir dans un endroit loin de Rafi et moi.

Elle s'intéressait de plus en plus à notre enquête et posait des questions sur mon cryptex. Toujours quatorze lettres à trouver pour enfin pouvoir l'ouvrir et accéder à une information précieuse qui devait nous conduire vers un trésor venant d'aussi loin, peut-être, que l'ancienne Égypte.

J'étais en train de m'assoupir, la tête posée confortablement sur l'épaule de mon amoureux, lorsque le cellulaire que je laissais toujours dans l'avion a sonné. J'ai répondu d'une voix endormie. C'était ma mère. Je ne voulais pas qu'elle s'inquiète inutilement, j'ai donc pris un ton joyeux.

— Bonjour, maman!

— Savannah, enfin, veux-tu me dire où tu es? J'essaie de t'appeler depuis deux jours.

— Désolée, j'étais dans un secteur où les ondes ne passent pas très bien et mon téléphone ne fonctionnait pas.

— C'est quoi, ce bruit que j'entends? a demandé ma mère.

Elle ne savait pas la moitié de ce que je faisais. Je ne tenais pas à raconter nos mésaventures à mes parents; des plans pour qu'ils me forcent à rester près d'eux. J'ai l'âge de prendre mes propres décisions, mais ma mère est une personne très persuasive et il aurait été très difficile, voire impossible, de lui résister.

— Je suis chez l'oncle de Rafi. C'est un tracteur qui fait ce bruit... On fait une balade.

— Descends de là tout de suite! Ton père veut que tu te rendes immédiatement en Gaspésie. Ton arrière-grand-mère ne va pas bien et elle te réclame.

— Oh non! Qu'est-ce qu'elle a? ai-je demandé, inquiète.

— Quelque chose comme 95 ans, c'est assez pour ne pas être en forme, tu sais.

— Oui oui, je comprends. Dis à papa que j'arrive le plus vite possible.

— Parfait. Et si jamais tu te rappelles que tu as une famille, oui oui, je t'assure, tu en as bien une, alors tu passeras me dire bonjour... Dis, Savannah, tu sais où est ton frère par hasard? Je n'arrive pas à le joindre lui non plus...

— Il est avec moi, ai-je répondu rapidement. Je le préviens tout de suite.

— Eh bien! Tu lui diras qu'il a une mère et qu'elle aimerait avoir de ses nouvelles de temps en temps.

— Je lui passe le message, ne t'en fais pas.

— Pourquoi est-ce que je m'en ferais?... Voyons, je ne sais pas où sont mes enfants. Mais pour une mère, c'est tout ce qu'il y a de plus normal, je suppose! a-t-elle ajouté d'un ton qui ne laissait aucun doute sur le fait qu'elle était vexée.

— Désolée, je vais t'appeler plus souvent.

— Je l'espère...

La ligne a été coupée. Je savais qu'elle s'imaginait que c'était moi qui avais interrompu notre conversation. Elle devait être en colère.

Je suis allée voir Sogô pour lui annoncer que nous devions changer notre route. Plus question d'aller vers la Nouvelle-Écosse. Nous devions trouver un aéroport près de chez mon arrière-grand-mère.

Je ne savais pas encore que je venais de prendre la meilleure décision de tout mon périple, car j'allais bientôt être sur le chemin qui me conduirait enfin à ce que je cherchais depuis si longtemps.

# Chapitre 4

Nous avions décollé depuis trois heures et j'ai eu envie d'examiner à nouveau tout ce que j'avais découvert au cours des derniers mois.

Autour de moi, tout le monde semblait occupé. Rafi prenait des notes en écoutant des émissions sur YouTube au sujet d'Oak Island (Île-aux-Chênes). Charlotte lisait un livre sur les symboles que m'avait offert le Mage de Boston, Raven. Camille reproduisait des dessins dans un cahier. Anaïs soupirait en regardant par le hublot ; depuis qu'elle avait dû laisser repartir Liam et nous avait rejoints, elle était constamment dans la lune. Jobs entrait les données que lui fournissaient Alexandre et Sogô. Mon frère et Mathilde vérifiaient le matériel et s'assuraient que nous ne manquerions de rien si nous devions partir en excursion.

Même si nous devions faire un détour par la Gaspésie, nous savions que notre voyage ne s'arrêterait pas là. Malgré la fatigue, nous allions continuer. Du moins, encore quelques jours.

J'avais parfois envie de crier : «On arrête tout!» mais je n'y arrivais pas. Chaque fois que j'étais prête à tout abandonner, quelque chose me redonnait confiance et je recommençais à espérer.

La seule personne qui était un fardeau était Marje. D'accord, je sais, nous étions obligés de la traîner partout pour sa sécurité. Mais elle nous était aussi utile qu'une tondeuse à gazon dans un désert de sable.

Elle fouinait partout, tentant d'en savoir plus ou de s'impliquer. Mais dès qu'on lui trouvait une occupation, elle s'ennuyait.

Je n'étais pas jalouse, car je savais que Rafi ne la supportait pas plus que moi. Elle ne pouvait pas nous être utile, tout simplement. Tous les membres de l'équipe savaient quoi faire et chacun était autonome. Nous étions arrivés au point où nous nous comprenions à demi-mot.

Je dois avouer que le fait qu'elle m'avait promis de se venger et de me reprendre Rafi n'aidait pas à me la rendre agréable. Je n'arrivais pas à baisser ma garde avec elle.

— Qu'est-ce que tu fais? a-t-elle roucoulé à mon intention, comme un pigeon qui se promène sans savoir quoi faire de ses ailes.

— Je sors tous les éléments importants trouvés depuis le début de cette aventure.

— Je peux regarder ?

— Si tu veux.

— Je pourrais peut-être mieux comprendre ce que vous faites et aider un peu.

— J'en doute, Marje. C'est gentil, mais je pense que tu devrais plutôt essayer de déranger le moins possible.

— Pourquoi tu ne veux pas de mon aide ? Je ne te veux aucun mal. J'ai payé cher de vouloir me venger de toi et c'était tellement enfantin ! Je suis désolée. Je suis orgueilleuse, mais pas méchante.

Je ne pouvais pas lui avouer la vérité, lui dire que tout le monde la trouvait prétentieuse et insupportable. Elle n'était peut-être pas méchante, mais on ne pouvait pas non plus affirmer qu'elle était une personne généreuse ou amicale.

— Je sais bien, mais nous avons tellement avancé dans nos recherches que tu vas avoir de la difficulté à tout assimiler.

— Laisse-moi regarder ce que tu fais. On verra bien.

Autre chose me dérangeait... Et si elle était rattrapée par le groupe de la Pieuvre ? Mes ennemis pourraient lui faire révéler tout ce que nous avions comme informations. C'était pour la protéger de ces racailles que nous la trimballions partout. J'allais rester prudente et éviter de tout lui dire.

J'ai commencé par les gravures trouvées dans la grotte des Pyrénées par Alexandre, dont son père s'était approprié la découverte. Je lui en voulais encore un peu, mais bon.

Elles ressemblaient beaucoup à celles retrouvées à Chinon ou au château de Gisors. Des symboles, des étoiles, des pentacles, des croix et des hommes. Certains avec des trucs sur la tête. Était-ce vraiment des plumes?

— On dirait un Phénicien, non? a demandé Marje.

— Qu'est-ce qui te fait dire ça?

— Eh bien, il y avait une image dans un livre que j'avais utilisé pour la pièce de théâtre, et on voyait des voyageurs phéniciens qui ressemblaient à ce dessin, m'a-t-elle expliqué.

— Et tu as toujours ce livre?

— Non, j'ai dû le laisser en partant.

Je suis allée voir Jobs et lui ai demandé de me trouver des images de Phéniciens. Je ne savais pas grand-chose à leur sujet, pourtant leur nom revenait souvent dans l'histoire.

Jobs et moi avons arrêté nos recherches sur cette image provenant du tombeau du pharaon Sethi 1er.

C'était une partie d'une murale représentant les différentes races à cette époque. Qui était celui à gauche avec des plumes et une barbe? Il avait un air européen, non? Sur la fresque, il n'était pas seul, ils étaient plusieurs avec ce même physique.

Était-ce un Phénicien? Ceux qui voyageaient et faisaient du commerce à travers le monde? Avaient-ils pu se rendre jusqu'en Amérique? Plusieurs théories courent aujourd'hui à leur sujet. On pense qu'ils sont allés en Amérique du Sud bien avant Christophe Colomb, mais ils auraient aussi pu naviguer plus au nord.

Il faut se rappeler qu'on a retrouvé de la cocaïne et du tabac dans les sarcophages de momies égyptiennes; la cocaïne ne pouvait venir que de l'Amérique du Sud.

Nos dessins ne ressemblaient pas tout à fait à l'image de ces hommes à plumes que nous montrait Jobs, mais bon, on voyait bien que certains peuples anciens portaient ce genre d'ornement sur la tête.

Les Templiers auraient-ils pu avoir des liens avec eux? Certainement, puisqu'on dit que les Phéniciens venaient de la région qu'on appelle aujourd'hui le Liban. Même s'ils n'existaient plus sous ce nom au temps des Chevaliers, il y avait sûrement des gens pour leur parler de leurs ancêtres.

— Il me semble qu'ils portaient plus souvent de hauts chapeaux que des plumes, d'après ce que j'ai pu constater, a ajouté Jobs en observant des images sur son écran d'ordinateur. Pourquoi tu veux savoir s'ils portaient des plumes?

— Par curiosité. Qu'est-ce que les Templiers ont voulu dire en faisant des graffitis avec des hommes à plumes?

— Honnêtement, je pense que ces ornements ont fait partie d'une multitude de cultures, est intervenu Sogô. En Afrique, plusieurs peuples en portent. Même en Europe au siècle dernier. Il suffit de penser aux boas à plumes que les femmes portaient autour du cou. Ce sont des décorations corporelles faciles à trouver. Les chefs devaient se réserver les plus belles, mais ramasser des plumes est à la portée de tous, et elles font de jolis bijoux.

J'ai soupiré. Il y avait bien dans cette grotte le dessin d'un homme à plumes, mais qui était-il? Je n'en avais aucune idée.

En songeant aux différents symboles que j'avais découverts depuis des mois, je me suis souvenue de la pierre que Sogô m'avait offerte pour me protéger des mauvaises ondes. J'ai sorti de ma poche l'améthyste. Je l'avais laissée à Rafi quelque temps, mais je l'avais récupérée depuis.

Pourquoi repartions-nous pour l'Amérique déjà? Ah oui, parce que la pierre sculptée en Écosse, avec l'image du tableau de Poussin inversé, nous menait à une longitude et une latitude… et que ces dernières nous conduisaient en Nouvelle-Écosse, à Oak Island pour être plus précis.

Plus nous lisions sur cette étrange île, plus nous étions intrigués. Il y avait là un puits si profond que, depuis presque deux ans, personne n'avait encore réussi à en atteindre le fond pour découvrir ce qui y était peut-être caché.

J'avoue que j'étais très curieuse d'aller voir de mes propres yeux ce qui se passait dans ce coin de pays. Mais d'abord, je devais aller revoir mon arrière-grand-mère que je connaissais depuis seulement quelques mois.

Elle était une femme mystérieuse, mais tellement chaleureuse que j'avais hâte de lui raconter la suite de ma quête.

Deux jours
plus tôt

# Chapitre 5

En arrivant sur la petite piste de l'aéroport de Gandler à Terre-Neuve où nous allions faire le plein et passer la douane, nous avons été surpris par la fraîcheur ambiante. L'été semblait déjà sur sa fin, et le contraste avec la chaleur parfois étouffante du sud de la France était saisissant.

Nous sommes repartis après avoir rempli toutes les formalités. Direction : la Gaspésie.

Nous nous sommes changés dans l'avion pour être mieux préparés aux modifications de climat. Une fois à destination, j'ai laissé l'équipe dans l'avion. Sogô m'a dit qu'il s'occupait du confort de chacun et de ne surtout pas m'inquiéter.

Rafi et Loup m'ont accompagnée, tel qu'il avait été prévu. Nous sommes montés dans une voiture avec chauffeur. Je ne comprendrai jamais comment notre ami africain arrivait à obtenir des moyens de transport n'importe où sur la planète. Je vais même dire quelque chose d'absurde : je ne serais pas surprise qu'il en trouve sur d'autres planètes... Mars-limousine ou Vénus-taxi ! :D

J'ai reconnu la route qui nous menait au cœur de la forêt, dans le village où vivait une partie de ma famille. Ma tante Winona nous a accueillis sur la galerie avant de la maison.

— Elle t'attend, tu sais, m'a dit ma tante.

— Elle est malade ? ai-je demandé.

— Non, elle s'affaiblit tout simplement. Son énergie la quitte peu à peu.

— Il n'y a rien à faire ?

— Non, son cycle de vie arrive à sa fin.

Rafi a pris ma main.

Mon père est sorti de la maison en compagnie de son ami de toujours, Gabriel. Ils discutaient et, quand il m'a vu, mon père a semblé vraiment content de nous voir, mon frère et moi.

— Savannah... Loup... vous avez fait vite ! nous a-t-il lancé en venant nous prendre dans ses bras.

Il nous a expliqué que sa grand-mère, Maria, s'était endormie et que nous devions la laisser se reposer un peu. Après une sieste, elle aurait plus d'énergie pour nous parler.

— Tu es sûr, Pete ? a demandé Gabriel. Parce que je pense qu'elle avait vraiment hâte de les revoir, tous les deux. Elle serait si heureuse que son énergie reviendrait, non ?

— Je ne sais pas. Tu en dis quoi, Winona ? a demandé mon père en se tournant vers la jeune femme.

— On voit bien que vous ne la connaissez pas, a-t-elle répondu en éclatant de rire. Elle sait déjà qu'ils sont arrivés.

— Tu penses ? Mais elle dormait profondément, a objecté mon père.

— Savannah, vas-y seule, Loup, tu iras après, a continué Winona. Elle ne peut pas vous recevoir tous les trois, c'est trop pour elle, a affirmé ma tante d'un ton décidé.

— Je t'attends ici, m'a soufflé Rafi.

J'étais divisée. D'un côté, j'avais hâte de revoir cette femme que je sentais si proche de moi. J'avais parfois l'impression qu'elle devinait mes pensées et que nous étions liées par un cordon invisible. Je me souvenais des images que j'avais vues dans le Puits aux Fées en Irlande ; elle était là, au milieu de mes hallucinations.

D'un autre côté, j'avais peur que ce soit la dernière fois que je la voie. Je venais à peine de découvrir son existence, tout comme mon père qui avait appris seulement deux ans plus tôt qu'il avait été adopté. J'appréhendais déjà la peine que j'aurais quand elle nous quitterait.

Je jonglais avec ces pensées quand je suis entrée dans la chambre.

— Tu es là… Approche-toi et arrête de t'en faire autant. Viens plus près, que je te voie.

Je me suis approchée et je l'ai embrassée sur la joue. Elle était toujours aussi fragile. Plus délicate que la brise. J'avais l'impression que si le vent soufflait, même doucement, il l'emporterait.

— Mon beau papillon, je suis contente de te voir, m'a-t-elle dit de sa voix cristalline. Tu es seule?

— Non, Loup attend pour venir t'embrasser.

— Et ton amoureux?

— Rafi est là aussi. Winona a dit qu'il valait mieux qu'on ne vienne qu'un à la fois, sinon ce serait trop fatigant pour toi.

— Demande-lui de venir te rejoindre. Je veux vous voir ensemble. Et que vous me racontiez où vous en êtes dans votre aventure.

— Tu es certaine?

— Oui, oui… invite-le.

J'ai appelé Rafi du haut de l'escalier. Ils étaient tous assis dans la cuisine et discutaient à voix basse. Rafi a monté les marches rapidement, un peu inquiet.

— Elle veut te rencontrer, lui ai-je dit sans pouvoir cacher une certaine fierté.

Nous sommes entrés dans la chambre en nous tenant la taille. Malgré sa faiblesse, mon arrière-grand-mère avait réussi à s'asseoir dans le lit. Elle a tendu la main pour que Rafi avance plus près.

— Viens, approche-toi.

Elle lui a pris la main et a fermé les yeux, comme si elle se concentrait sur ce qu'elle ressentait. Elle souriait, visiblement satisfaite de ce qu'elle avait visualisé.

— Savannah, si j'ai demandé à te voir, ce n'est pas seulement parce que je suis plus faible et que j'ai moins d'énergie, mais parce que je sens que je peux t'être utile à ce moment précis de ta quête. Tu as commencé à avoir des rêves différents ; ils sont très importants. Tu dois apprendre à les comprendre. Il te faut découvrir comment associer certaines images à des événements, ou des sensations ressenties à des émotions que tu vas vivre. Plus tu vas les écouter, plus tu vas apprendre sur toi et sur ce qui t'entoure.

— Ce n'est pas très clair encore. Je vois souvent un homme habillé en chevalier. Il ne parle pas, mais il me montre des objets ou des symboles.

— Porte attention à ce qu'il te montre, c'est essentiel.

— J'essaie. C'est parfois utile, mais le plus souvent, je ne comprends pas vraiment.

— Tu vas y arriver. Ce don vient de moi, tu le sais déjà.

— Nos nouveaux indices nous conduisent ici, a ajouté Rafi.

— En Gaspésie?

— Non, en Amérique, plus précisément en Nouvelle-Écosse.

— Montre-moi ce que tu as sur toi, des objets, m'a-t-elle demandé de sa voix douce.

J'ai sorti l'améthyste porte-bonheur qu'elle avait déjà vue et qui lui avait fait dire que celui qui me l'avait offerte devait être un grand sorcier. Je lui ai montré l'oiseau des Cathares, mon collier en pierre de lune bleue.

Rafi a sorti de mon sac le cryptex. Nous nous sentions parfaitement en confiance avec cette vieille dame qui rayonnait d'amour.

Comme elle nous questionnait, nous avons résumé en quelques mots toutes nos découvertes. Je lui ai parlé de ma rencontre avec la gitane et j'ai avoué que je ne me souvenais pas de tout ce qu'elle m'avait dit pendant sa transe.

Elle a tenu l'oiseau et le cryptex dans ses mains et s'est mise à parler d'une voix plus assurée, les yeux fermés. Elle était très concentrée.

— Ce que tu cherches a fait un long voyage. Il est parti de loin, d'un endroit chaud, et a traversé des mers. Il a été caché aux hommes, car il était trop important, mais l'heure de son retour approche.

Je la regardais sans trop comprendre, mais je savais que ce qu'elle me disait était important.

— L'homme de la pierre est un allié. Lui aussi est lié à cette découverte. Il sait qu'il doit la protéger, il a fait vœu d'être un gardien.

— Sogô, un gardien ? ai-je demandé, étonnée.

Rafi m'a fait signe de ne pas parler. Visiblement, mon arrière-grand-mère ne nous entendait pas.

— Ils ont des tentacules, ceux qui souhaitent te prendre ce que tu dois trouver. Ils sont riches et nombreux. Ils n'ont peur de rien ; même la mort ne les intimide pas. Ils sont prêts à tout et tu dois te méfier d'eux. Restez unis... Restez ensemble... Ne faites qu'un... car, en bloc, vous êtes plus forts que vos ennemis.

Elle s'est réveillée d'un coup. Elle savait très bien qu'elle venait de nous faire des révélations.

— Tu as compris, Savannah ? Tes amis et toi, vous êtes, ensemble, ce qui est le plus fort pour combattre tes ennemis qui sont puissants, ne l'oublie jamais.

— Je sais, j'ai bien vu ce qu'ils sont capables de faire.

— Pour te souvenir du message de la gitane, tu dois le demander.

— Mais à qui ?

— Avant de t'endormir, souhaite qu'on te fasse réentendre ce qu'elle a dit. C'est très important, mon papillon, car elle t'a donné des indices sur la provenance du trésor que tu cherches.

— Je vais essayer.

— Tu peux recommencer plusieurs fois. Tu manques d'expérience, mais tu vas y arriver. Quant à vous, jeune homme, vous savez très bien ce que vous devez faire.

— La protéger.

— Exactement, et votre amour le fait très bien, a ajouté la vieille femme en souriant. Ils vont venir vous chercher, ils vont dire que vous restez trop longtemps. Comme si je ne savais pas ce qui est bon pour moi… Alors, écoute-moi, mon papillon : en Nouvelle-Écosse, là où tu veux aller, tu as des cousins. Demande à Winona en sortant de te donner leurs coordonnées. Tu dois aller les voir. Ils ont des choses à t'apprendre.

— J'ai des cousins ? ai-je commencé.

— Oui, des Micmacs, et ils ont beaucoup d'informations qu'ils partageront avec toi, seulement parce que tu es une des leurs.

J'aurais voulu continuer à discuter avec cette femme merveilleuse, mais mon père a fait son entrée en douceur.

— Allez, je crois que c'est assez.

— Pete, c'est gentil, mais j'ai encore des choses à lui dire, à cette petite.

Elle en a profité pour me rendre rapidement tous les objets que je lui avais présentés.

— Eh bien, il faudra attendre une prochaine fois, a dit mon père tout en me prenant par le bras pour m'emmener vers les escaliers. Il y a Loup aussi qui attend pour t'embrasser.

— Alors qu'il monte, que je l'embrasse... Et vous deux, souvenez-vous de ce que je vous ai dit...

Et elle nous a fait un clin d'œil.

Je me suis libérée du bras de mon père, le temps de retourner embrasser mon aïeule sur les joues. J'étais un peu triste en la quittant, comme chaque fois que je la voyais, car je me demandais si j'aurais encore une chance de l'embrasser.

# Chapitre 6

J'ai fait signe à Loup qu'il pouvait monter et j'ai profité de son absence pour poser des questions à ma tante au sujet de nos cousins.

Elle a ouvert un tiroir et a recopié leurs coordonnées. Elle m'a proposé de les avertir par courriel que j'arrivais avec mes amis. Elle m'a assuré qu'ils seraient très heureux de me rencontrer.

— Ce sont des cousins ? Ils ont quel lien avec moi ?

— Grand-mère Maria avait un frère qui a épousé une Micmaque de la région d'Halifax. Tu as donc plutôt des petits-cousins. Ce sont des gens très chaleureux. Ils vont être si heureux de te connaître enfin ! Il y a longtemps que toute la famille attend de vous retrouver. Ils vont vous loger et vous aider si vous voulez visiter les environs. Ils connaissent mieux cette région que bien des gens qui y vivent depuis toujours. Ils savent les histoires du passé, celles qu'on ne se transmet qu'oralement, celles qui ne sont écrites nulle part.

— Ils sont nombreux ? a demandé Rafi en prenant le papier sur lequel étaient inscrites les coordonnées.

— Une bonne douzaine. Je vous donne le numéro de téléphone et l'adresse de Jimmy. C'est lui qui a la plus grande maison.

Nous avons attendu Loup tout en discutant avec Winona qui a écrit à nos cousins pour les prévenir de notre arrivée.

J'en ai profité pour lui poser des questions sur elle.

— Je suis Micmaque par mon père et Algonquine par ma mère. Nous avons aussi de la famille chez les Algonquins. Si un jour tu veux les rencontrer, ils ont aussi beaucoup de connaissances sur les terres qu'ils habitent.

— Tu parles leur langue ? a demandé Rafi.

— Très peu, malheureusement. Mais j'essaie de l'apprendre. C'est très important pour garder contact avec ma culture. Comment lire les documents anciens si on ne comprend plus les mots qui y sont inscrits ?

— Que sais-tu des Micmacs ? ai-je demandé.

— Je n'en sais pas autant que je le voudrais, car je suis plus proche de ma culture algonquine. Nos cousins vont répondre à tes questions. Je sais que nous sommes ici depuis longtemps. Très longtemps.

Nous avons marché sur la terre qui a été recouverte par l'eau depuis. Nous vivons en harmonie avec la nature et non pas comme les Blancs, qui agissent en maîtres absolus et font comme si tout leur appartenait.

Elle ne montrait aucune colère en disant ces mots, mais elle avait raison. Nous avons tendance à nous imaginer que nous sommes chez nous partout, alors que la nature et les bêtes le sont aussi.

Loup est enfin descendu avec mon père. Il était ému et je savais qu'il venait de vivre un beau moment.

Il était déjà temps de repartir. J'aurais donné n'importe quoi pour passer quelques jours ici, au bord du lac, à me baigner, regarder la nature et vivre auprès de ma famille. Malheureusement, je n'avais pas le choix, je devais reprendre la route.

Nous sommes sortis tous les trois. J'ai prévenu mon père que nous partions pour Halifax. Il a posé des questions, mais Rafi et Loup ont répondu avant moi, et comme ils m'accompagnaient, mon père ne s'est pas inquiété. Il faut dire que son ami Gabriel l'attendait sur le balcon. Ils allaient faire le voyage de retour ensemble.

J'ai surpris le regard de ma tante. Elle semblait déçue d'apprendre que nous repartions tous. Je n'arrivais pas à savoir qui de nous allait lui manquer le plus. Je me promettais d'essayer d'en savoir plus la prochaine fois. Est-ce son frère ou son ami qui suscitait un tel regard ?

C'est vrai que, malgré la présence de toute la communauté autour d'elle, nous la laissions à nouveau seule avec Maria.

Nous avons dit au revoir à mon père et à Gabriel. Ils ont proposé de nous reconduire à l'aéroport, mais le chauffeur nous attendait. Mon père a de nouveau eu des doutes et il a voulu savoir qui était ce chauffeur et à qui appartenait l'avion dans lequel nous allions monter.

Nous ne voulions pas mentir, mais expliquer la situation aurait pris du temps. Et aurait-il compris ?

Rafi a prétendu que c'était lui qui avait payé pour la location de la voiture et que le chauffeur était un ami de son père. Il a ajouté que l'avion appartenait à un autre ami de sa famille. Il a terminé en disant que nous repartions pour quelques jours et qu'ensuite il me ramènerait à la maison.

Son assurance a convaincu mon père. Cependant, j'ai vu que Gabriel doutait encore un peu. Winona lui a fait un signe de tête comme pour lui dire de ne pas s'en mêler.

Et voilà comment nous avons repris notre quête vers la Nouvelle-Écosse et cette curieuse île appelée Oak Island.

# Chapitre 7

Aussitôt montée à bord de l'avion, je me suis retrouvée dans un tourbillon. Fatigue ou pas, mes amis avaient des informations à me transmettre et je devais apprendre rapidement ce que notre nouvelle destination nous réservait.

— Oak Island, ou l'Île-aux-Chênes, s'appelle ainsi car on y voit des arbres de cette espèce, a lancé Mathilde.

— Alors qu'il chassait sur l'île en l'an 1795, un jeune ado de la région, Daniel McGinnis, a découvert une poulie suspendue à un arbre, me résumait Jobs tout en regardant sur son ordinateur. Il a réalisé que le sol avait été travaillé près de l'arbre et qu'un trou avait probablement été rebouché.

— Il avait bien sûr entendu des histoires de pirates qui auraient abandonné leur butin dans des îles comme celle-ci, a continué Charlotte.

— Il était alors convaincu qu'il découvrirait un trésor, a enchaîné Jobs. Avec l'aide d'amis, il a commencé à creuser. Au bout de quelques mètres, ils ont trouvé un alignement de dalles de pierre. Ils les ont retirées et ont continué à creuser jusqu'à une plate-forme faite de billots de bois. Ils ont poursuivi ainsi pendant des jours et, tous les six mètres, ils trouvaient de nouveaux paliers faits de bois de chêne ou de terre compactée. Finalement, ils ont abandonné. C'était trop profond et ils n'arrivaient plus à creuser ; c'était au-delà de leurs compétences et de leur force.

— Quelques années plus tard, reprit Charlotte, un homme a entendu parler de cet endroit et a décidé de tenter sa chance. Il a apporté tout le matériel nécessaire et a continué à creuser avec l'aide de ses hommes. Ils continuaient à trouver de nouvelles plates-formes, parfois réalisées avec des algues, d'autres avec des fibres de cocotiers !!!

O-ô

— Des cocotiers ? a lancé Jobs. Mais c'était introuvable dans cette région ! Donc, ils ont vite fait le rapprochement avec les pirates qui sillonnaient les mers.

— C'est à ce moment-là qu'ils ont découvert une dalle de pierre, sur laquelle figurait un langage inconnu.

— On a des images ? ai-je demandé.

— Bien entendu, a ajouté Jobs, très fier de lui.

J'ai observé la pierre et j'avoue que ce langage ne me disait rien. Il ne ressemblait ni à celui du codex, ni à celui du cryptex. Cependant, cette histoire de puits était très intéressante. Pourquoi des gens avaient-ils pris autant de soin pour cacher un trésor ? Il devait être vraiment important.

— Ce n'est pas terminé, a ajouté Mathilde. En revenant le matin suivant pour continuer à creuser, les hommes ont trouvé le trou rempli d'eau. Ils n'avaient aucune idée d'où elle venait.

— Ils ont compris que le puits contenait un piège, a continué Jobs ; l'eau s'infiltrait et les empêchait de creuser plus profondément.

— Et on sait ce que signifie ce qui est écrit sur cette dalle ? ai-je questionné pendant que l'avion se mettait en place pour le décollage.

— Il y a plusieurs versions, a répondu Anaïs. La plus courante est : « Quarante pieds sous cette pierre sont cachés deux millions de livres. »

— Et pourquoi la plaque sculptée d'Écosse nous conduirait sur cette île ? ai-je demandé à toute l'équipe.

Personne ne pouvait répondre. Nous ne voyions pas encore le lien, sinon les inscriptions qui semblaient nous conduire vers la Nova Scotia.

L'avion a décollé tout en douceur. Nous étions en route et même si nous ne savions pas encore ce que nous allions découvrir dans cette région, mon cœur était heureux d'aller à la rencontre de ma famille.

Dès que nous avons pu détacher nos ceintures, Mathilde est venue me rejoindre.

— Ce n'est pas tout. Je crois que le plus intéressant se trouve sur cette plage qui a été fabriquée de toutes pièces.

— Une plage ?

— Oui, dans une anse. Après avoir retiré le sable et le gravier qui la recouvraient, les ouvriers ont découvert une couche de pierres entre lesquelles des algues et de la fibre de cocotiers avaient été placées. C'est une plage artificielle faite exprès pour agir comme une éponge géante. L'eau envoyée dans le puits venait de là. Mais ils ont trouvé plusieurs entrées d'eau. Un travail titanesque, énorme, tu te rends compte ? Il faut que des gens aient voulu cacher quelque chose de vraiment très important, non ?

— Fabriquer une plage artificielle, en plus de toutes les plates-formes... et des pièges d'eau. Ce qu'ils ont enfoui là doit être vraiment très précieux en effet, ai-je répondu en regardant les images de l'île et du puits que me tendait Mathilde.

Je me suis demandé si les pirates avaient les connaissances suffisantes pour construire un système hydraulique aussi élaboré.

J'ai fermé les yeux, le temps d'enregistrer toutes ces images dans mon cerveau. Mais, trop épuisée par ma journée, je me suis endormie presque aussitôt.

Je n'avais pas eu le temps de demander de revoir la séance avec la gitane tel que me l'avait suggéré mon arrière-grand-mère. Des images un peu brouillées commençaient à apparaître. Rien de particulièrement instructif. Mon rêve se passait au bord de la mer, sur une plage de sable blanc, bordée de cocotiers. Rafi et moi étions seuls et nous allions nager dans ces eaux transparentes et tièdes.

Oh, des vacances ? Le rêve !

:)

# Chapitre 8

Je me suis réveillée quand l'avion s'est posé sur le tarmac d'Halifax. Nous avions atterri près de la petite ville où vivaient mes cousins. Sogô s'était occupé de tout encore une fois et, grâce à lui, je pouvais me concentrer uniquement sur ma recherche.

En regardant le 4x4 qui m'attendait déjà sur la piste, je me suis dit que ma vie serait vraiment difficile après tout ce luxe. Après n'avoir eu à penser à rien et m'être déplacée en avion privé et dans des voitures avec chauffeur, prendre le métro allait me paraître bien ordinaire !

Je tentais de me souvenir des images floues de mon rêve, quand j'ai réalisé qu'il parlait de Nostradamus. Pourquoi lui ? Je venais d'en apprendre plus à son sujet et j'ai pensé que c'était la raison de sa présence dans mes songes. Un homme qui prévoyait le futur, à bien y penser, c'était fantastique. Surtout qu'il vivait à l'époque de la Renaissance et qu'il avait vu dans ses rêves des événements qui se passent de nos jours.

Connaître l'avenir, n'est-ce pas le rêve de chacun de nous? Pouvoir prédire ce qui va arriver. Est-ce que c'était le don de Maria? Avais-je pu hériter de ce talent? J'ai sorti le dossier du mage que nous avions assemblé en visitant Alet-les-Bains.

Nostradamus avait développé son talent au cours des années. Il avait travaillé son don, et on dit qu'il buvait une «concoction» très forte qui lui donnait des visions.

Bon, là, pas question que je me mette à prendre de la drogue pour avoir des visions du futur. Des plans pour voir des fusées roses attaquer des villes habitées par des Minions! @-@

Je suis montée dans la voiture sans trop regarder où je mettais les pieds. Rafi sortait les bagages. Nous allions habiter tous les deux chez mes cousins, alors que les autres iraient à l'hôtel au centre-ville d'Halifax.

La voiture démarra et prit rapidement de la vitesse. J'ai laissé mon dossier pour regarder la route. J'ai eu l'impression qu'on allait un peu vite. J'ai cherché mon amoureux des yeux pour savoir ce qu'il en pensait, mais il n'était pas à bord.

J'étais seule à l'arrière du véhicule. J'ai tenté de parler au chauffeur, mais il ne m'écoutait pas. J'ai voulu ouvrir la porte, mais elles étaient toutes verrouillées.

En regardant par la fenêtre arrière, j'ai aperçu, au loin, Rafi et Alexandre qui couraient à toute allure pour tenter de rattraper le véhicule dans lequel je prenais place. Mon cœur battait très vite, j'avais le souffle court.

On était en train de m'enlever. Je n'avais aucun doute, ce chauffeur avait été engagé par les gens de la Pieuvre.

Heureusement... ou peut-être malheureusement, je n'avais pas le cryptex. C'était Rafi qui le gardait sur lui.

En fouillant dans mes poches, j'ai trouvé le collier que m'avait rendu Maria et que j'avais oublié de remettre. Le pendentif avec la clé des Cathares, objet très précieux, et l'améthyste... Il y avait autre chose tout au fond de ma poche, je le devinais du bout de mes doigts. J'ai tenté de sortir l'objet discrètement, mais le chauffeur m'a surprise.

— N'essaie pas de téléphoner ni d'appeler au secours. Je te surveille et j'ai ordre d'agir pour t'empêcher de contacter tes amis.

Je n'avais plus de téléphone depuis que Monsieur Mystère avait jeté le mien par la fenêtre en m'expliquant que c'était grâce à lui qu'on me suivait à la trace. Le seul que je possédais restait à bord de l'avion et ne servait qu'à contacter mes parents.

Comment sortir l'objet étrange de ma poche pour savoir de quoi il s'agissait exactement, sans faire paniquer le chauffeur?

Il a tourné rapidement sur une route et j'en ai profité pour agir au moment où j'étais projetée vers la porte. Ma perte d'équilibre m'avait permis de mettre la main sur le petit objet sans attirer l'attention.

Il s'agissait d'une cordelette au bout de laquelle étaient attachés deux objets ressemblant à des clés. À première vue, je n'avais aucune idée de ce que c'était, mais mon arrière-grand-mère ne me l'avait pas donné pour rien. Cet objet pourrait me servir, mais à quoi? J'allais devoir attendre d'être seule pour l'étudier et tenter de percer ce nouveau mystère.

En attendant, je devais regarder à l'extérieur et me trouver des points de repère. Je savais que mes amis étaient déjà à ma recherche.

La voiture s'est engagée sur un chemin de terre. Nous étions dans la forêt et nous nous enfoncions dans des endroits peu fréquentés. Le chauffeur a enclenché le système de roues motrices, car nous prenions un nouveau sentier, encore plus étroit et défoncé.

Je ne lui ai posé aucune question. Je savais bien que c'était inutile. J'espérais qu'au bout de notre route se trouverait un allié comme Monsieur Mystère, mais j'en doutais.

Marje ne pourrait sans doute rien faire pour me venir en aide ce coup-ci. J'étais dans les tentacules de la Pieuvre et, cette fois, je devrais faire face seule à mes ennemis.

# Chapitre 9

Nous nous sommes arrêtés devant une vieille cabane en bois rond. Elle était camouflée sous de grands arbres, sans doute devait-elle servir de refuge à des chasseurs.

Le chauffeur m'a fait descendre. Je n'ai pas résisté. Je ne savais pas quoi faire de toute façon. Nous étions au fond d'une forêt très dense et je n'aurais pas su retrouver mon chemin. Donc, je regardais et prenais note de tout.

Nous avions croisé une vieille clôture de bois et un muret de pierre très ancien. Presque rien comme indices pour retrouver la route en retournant sur mes pas.

Une fois à l'intérieur, le chauffeur m'a fait asseoir sur un des deux fauteuils défraîchis. Une tête d'orignal trônait au-dessus du poêle à bois. Il y avait un coin cuisine minimaliste. Une échelle menait à ce qui devait être la chambre. C'était un endroit minuscule avec le strict minimum.

J'étais trop sûre de moi depuis quelque temps. Je m'étais laissé bercer par les services offerts par Sogô.

J'étais montée à bord de la voiture sans me poser de questions. Mes amis devaient être très en colère contre moi, contre eux-mêmes aussi. Je me sentais tellement idiote d'être tombée dans un piège aussi facilement.

Si mon arrière-grand-mère possédait un don et pouvait prévoir l'avenir, alors ce qu'elle m'avait donné allait forcément me servir à me sortir d'ici. Mais il faudrait bien que je sache d'abord de quoi il s'agissait.

— Je peux savoir ce que je fais ici? ai-je osé demander.

— Non.

— Vous travaillez pour la Pieuvre?

— Tais-toi.

Bon, il n'était pas très jasant, ce chauffeur. J'avais pris la peine de ne pas trop lui causer de soucis pour qu'il soit plus gentil. Pour l'instant, il se concentrait sur une valise en métal. Elle avait l'air de contenir une sorte d'appareil avec une antenne émettrice. Un truc hyper moderne qui était sans doute relié à un satellite. Le genre de matériel qu'on voit dans les films d'espionnage.

De drôles de sons sortaient de cette boîte. Je portais attention. Si quelqu'un parlait, peut-être pourrais-je identifier sa voix.

— Mission transfert à comm…, a lancé mon geôlier dans un micro.

Des sons stridents ont répondu, le faisant reculer de deux pas. Je me suis bouché les oreilles. Il ne m'avait pas attachée, il devait se douter que je n'irais pas bien loin, de toute manière.

— Mission transfert à commandement.

— Rapport, Mission, a répondu une voix de femme.

— Rapport positif. Transfert effectué sans problème.

— Vous n'avez pas été suivi?

— Non, personne n'a eu le temps de réagir.

— Parfait. Ne bougez pas et gardez le colis jusqu'à notre arrivée.

— J'en fais quoi?

— Vous la gardez en sécurité, imbécile!

— *Roger.*

— 10-4.

Je lui ai souri. J'ai pensé qu'il ne devait pas être très heureux de s'être fait traiter d'imbécile devant moi. Cependant, c'est vrai qu'il n'avait pas l'air très brillant, et j'allais tenter de me servir de son innocence pour sortir de là.

Je devais réfléchir. Une voix de femme avec un léger accent français. Je n'avais jamais entendu parler d'une femme dans la Pieuvre.

Je ne savais pas si c'était bien eux qui étaient dans le coup cette fois-ci. Quoique je ne voyais pas qui d'autre aurait pu vouloir me faire enlever.

— Vous travaillez pour la Pieuvre depuis longtemps?

— Je t'ai dit de te taire.

— On va peut-être passer des jours ensemble, ça serait bien de parler un peu, non?

— Non. Ils ne vont pas tarder à arriver.

— Ah, ils vont venir ici, OK. Vous savez ce qu'ils veulent? ai-je continué doucement.

— Non et je m'en fous. Je suis payé pour t'amener ici. Après, je ne veux plus rien savoir.

— C'est aussi bien, parce qu'ils ne sont pas toujours très gentils avec leurs partenaires. Vous les aidez, vous faites tout ce qu'ils vous demandent et après, ils vous envoient à l'hôpital. Ils peuvent être très méchants. Alors plus vite vous partirez, mieux ça vaudra pour vous.

— Je les connais pas.

— Moi, oui! Je les connais très bien même. Pas elle, la femme, elle me dit rien. C'est une Française?

— Ça s'peut.

— Alors, voilà mon conseil. Dès qu'ils arrivent, vous partez très vite. Vous disparaissez pour un temps. Vous vous arrangez pour qu'ils vous oublient.

— J'ai pas besoin de tes conseils et si tu veux pas que je t'attache et que je te *tape* la bouche, ferme-la.

— Comme vous voulez...

J'ai gardé le silence quelques secondes. Il a ouvert le mini-réfrigérateur, qui était vide. Il a lancé un gros mot. Rien sur les tablettes, juste deux tasses en métal pour boire de l'eau. Même pas un verre.

Je devais jouer le tout pour le tout et tenter de l'inquiéter.

— Ils ont envoyé Klaus à l'hôpital, un de leurs meilleurs agents. Et Christo aussi. Je vous aurai prévenu.

— Et toi, ils vont te faire quoi, tu penses, hein? Ils vont te faire disparaître et on va t'oublier.

— Moi? Non, ils ont trop besoin de mes connaissances. Ils vont me demander de m'associer à eux et après, ils vont mettre la main sur la fortune.

Je jouais le seul jeu que j'avais trouvé. Me faire amie avec mon chauffeur et lui donner envie de mettre la main sur le magot avant la Pieuvre. Ce n'était pas très fort, mais je ne voyais pas autre chose pour l'instant.

— Quelle fortune?

— Celle du trésor, voyons. Ils ne vous ont rien dit?

— Tu essaies de me piéger, mais ça ne fonctionne pas, ma jolie.

— Si vous êtes du coin, vous devez savoir qu'il y a un trésor sur Oak Island.

— Personne n'a le droit d'y aller sans permis, a-t-il assuré en se servant une tasse d'eau.

— Je sais comment m'y rendre. Peu importe qu'on ait ou pas le droit d'y aller, je sais comment parvenir au trésor, sans même creuser.

— T'es pas de taille, ma belle. Tu pourras jamais trouver ce que les machines n'ont pas réussi à sortir. Ça fait plus de deux cents ans qu'ils tentent d'y accéder, à ton trésor, et ce n'est pas une gamine qui va y arriver, crois-moi.

— J'ai la clé... Je connais le secret. C'est pour ça qu'ils veulent me rencontrer et m'ont fait enlever. Ils vont m'aider et ensuite, on sera super riches. Pourquoi tu crois que je n'ai pas peur? Je n'ai même pas essayé de m'enfuir. Je sais pourquoi ils viennent ici et si tu ne veux pas de problème, sauve-toi parce que, sinon, tu vas être un témoin gênant et ils n'aiment pas les gens qui en savent trop sur leurs plans.

J'étais passée du «vous» au «tu», car je sentais que mon plan commençait à faire son chemin dans l'esprit de mon gardien. Le doute se glissait peu à peu dans ses pensées.

— De toute façon, dès qu'ils arrivent, je pars d'ici.

— Avec la voiture? Elle est à toi?

— Non, pourquoi?

— Ils ne te laisseront pas partir avec, voyons.

Je le sentais de plus en plus nerveux.

— Comment tu sais qu'il y a vraiment un trésor sur l'île? a-t-il lancé en se levant.

— J'ai des preuves et, surtout, j'ai une carte et une clé qui va me permettre d'ouvrir le mécanisme qui mène au trésor en toute sécurité.

— Et l'eau? a-t-il demandé.

— Elle va s'évacuer… C'est prévu.

— Il y a beaucoup d'argent dans ce trésor?

— Une fortune! Pourquoi tu penses qu'ils font tout ça, m'enlever et tout? Il y a des millions… Non, des centaines de millions!

Il a marché jusqu'à la fenêtre. Le ciel s'assombrissait, la nuit approchait.

— S'il fait nuit, ils ne viendront pas, je pense, a-t-il dit en se roulant une cigarette.

— On va passer la nuit ensemble, ai-je conclu en soupirant.

— Tu as la carte avec toi ?

— Du trésor ? Bien sûr que non. Je ne la garde pas au cas où justement on voudrait me la prendre. Mais tout le plan est là, ai-je dit en montrant mon front du doigt.

— Tu as la clé ?

— La clé est simple. C'est la phrase : « *Et in Arcadia ego.* » Et la pierre mauve.

— La pierre ? Quelle pierre ?

J'ai sorti l'améthyste de ma poche et, en moins de deux, il me l'avait prise des mains.

— Dis-moi le plan tout de suite, a-t-il demandé en prenant un air menaçant. Sinon…

J'ai fait semblant d'avoir peur de sa grimace.

— Une fois au centre de la plage artificielle, tu fais cent pas devant, deux cents à droite et trois cents à gauche. Facile de s'en souvenir… cent, deux cents et trois cents.

— Et ensuite ?

— Tu vas trouver une grotte. Tu suis le tunnel. Il y aura une plaque. Tu appuies sur les lettres de la phrase que je t'ai dite… Pour l'eau, tu dois entrer la pierre dans le trou en haut à droite.

Il a aussitôt pris les clés de la voiture et il est sorti à toute vitesse. Il m'avait crue aussi facilement ? Mon plan avait réellement fonctionné ? Ce type n'était vraiment pas une lumière pour être tombé dans un piège aussi ridicule.

@-@

J'ai entendu le moteur de la voiture. Il venait de m'abandonner au milieu de nulle part.

J'avais peu de temps pour organiser ma fuite. Je devais rester calme. J'étais à environ quarante-cinq minutes de l'aéroport, dans la forêt. Mes amis devaient être en train de me chercher.

— Commandement à Mission transfert.

Oh non, la radio! On voulait lui parler. Même en prenant une voix grave, je ne pourrais jamais me faire passer pour mon gardien.

Réfléchir vite. Je suis sortie de la cabane et j'ai regardé autour de moi. Il y avait des arbres, des espaces dégagés laissaient entrevoir le ciel, et des billots de bois traînaient un peu partout.

Revenue à l'intérieur, j'ai sorti mon étonnant gadget. J'avais donné ma pierre protectrice au faux chauffeur; tant pis, Sogô pourrait peut-être la remplacer.

La corde semblait servir, les deux clés pouvaient peut-être entrer l'une dans l'autre. C'était écrit... *fire*... en anglais, donc feu?

Je devais trouver comment me servir de cet outil et le plus rapidement serait le mieux...

— Commandement à Mission transfert…
Réponds tout de suite, triple idiot, on ne trouve pas le signal prévu sur le chemin. Tu as oublié d'indiquer où tourner.

Je venais de gagner un peu de temps. Ils ne trouvaient pas la route à suivre. Peut-être ne parviendraient-ils pas jusqu'à moi?

# Chapitre 10

Feu?... À quoi devait servir mon objet? Devait-il aider à faire du feu? Permettre de voir du feu? Ou bien servait-il à éteindre le feu?

J'ai ouvert les deux seules armoires en vitesse. À l'intérieur il y avait de vieux magazines de chasse et pêche et des journaux jaunis.

Premièrement, je devais indiquer ma présence. J'avais peur que mes ennemis me trouvent, mais peut-être qu'avec un peu de chance, mes amis aussi me rejoindraient.

Comment leur indiquer où j'étais? Il faisait presque nuit et il n'y avait rien. Ni lumière ni lampe de poche. C'est alors que j'ai vu une boîte contenant des bouts de bois, sans doute pour allumer le vieux poêle.

Faire un feu, ou même des feux? Nous étions à la fin de l'été et les forêts étaient surveillées par les gardes forestiers. Ils verraient vite la fumée monter.

J'ai observé le fameux objet. J'ai essayé de passer la corde à travers, de tourner le tout, pour finalement frotter les deux clés ensemble. C'est alors qu'une étincelle a jailli.

J'allais pouvoir allumer des feux. Un peu d'espoir m'a réchauffé le cœur. Merci, Maria ! :)

J'ai couru chercher les magazines et les vieux journaux. Dehors, j'ai fait un premier feu, que j'ai allumé sans difficulté. Ce n'était pas des clés, c'était une sorte de briquet. J'ai couru plus loin et, toujours dans un endroit sans danger, j'en ai fait un deuxième, puis un troisième et finalement un dernier. Je regardais la fumée monter vers le ciel.

Je ne voulais pas rester dans la maison. Je devais me cacher. J'ai trouvé un coin d'où je pouvais observer la maison sans être vue. Je me suis couchée derrière une grosse pierre, bien à l'abri.

J'attendais et je me suis sentie fatiguée tout à coup. Épuisée. Abattue. Pourquoi continuer ? Je n'en pouvais plus d'avoir peur, de craindre le pire pour mes amis et pour moi. De me cacher, de fuir, de ne pas vivre une vie normale.

J'ai porté la main à mon cou pour toucher ma pierre bleue et demander la protection d'Isis. Mais j'avais perdu mon collier et je n'avais aucune idée à quel endroit.

J'ai commencé à pleurer quand j'ai entendu du bois craquer. On avançait vers moi. Je me suis trouvée vraiment idiote d'avoir oublié que la nuit, en forêt, les dangers sont nombreux. J'ai eu peur que ce soit un ours. À la fin de l'été, ils cherchent de la nourriture.

Je me disais que j'aurais dû rester dans la maison. Ou près d'un feu. Au moins, j'aurais pu faire peur aux ours ou aux loups avec une branche allumée. Je retenais ma respiration quand j'ai vu la chose approcher. Deux yeux noirs, une truffe presque rose, du poil roux et blanc. Il s'est assis devant moi. C'était un chiot. Il ne devait pas avoir plus de trois mois. Que faisait-il là? Avait-il un maître? J'ai regardé son cou, il n'avait pas de collier.

Il me regardait et attendait visiblement que je le caresse. J'ai tendu la main, qu'il a sentie avant de s'approcher.

«Un chien? Ici?» ai-je pensé.

J'ai entendu arriver une voiture. Mon cœur a voulu sortir de ma poitrine, mon pouls s'est accéléré et ma respiration est devenue rapide.

J'ai préféré me cacher. Tant pis si je ne voyais pas de qui il s'agissait, mieux valait disparaître derrière un rocher. Le chien est venu se coucher près de moi. J'espérais qu'il ne me ferait pas remarquer. Un seul aboiement et nous étions découverts.

Les portes ont claqué et j'ai entendu des pas. Ils sont entrés dans la maison. Puis quelqu'un est ressorti.

— Savannah ? Savannah, tu es là ? C'est moi.

C'était Rafi. Il était là. Je suis sortie en courant et je me suis jetée dans ses bras. J'aimais ce jeune homme grand et athlétique plus que tout au monde. J'aimais ses cheveux dorés qui tombaient sur ses épaules et ses yeux qui changeaient de couleur. Mais à ce moment, je l'aimais encore plus parce qu'il était toujours là quand j'avais besoin de lui.

— Sav... Tout va bien ?

— Oui, mais j'ai eu si peur.

Tous mes membres tremblaient. J'avais réussi à me concentrer jusque-là, j'avais réfléchi, trouvé des solutions, mais soudain je n'arrivais plus à empêcher mon corps d'être secoué de frissons.

Rafi et un garde du corps m'ont fait monter dans la voiture. Juste à ce moment, un autre véhicule arrivait.

— C'est eux ! j'ai crié.

— Non, c'est Sogô, il me suivait.

Il est allé parler à Sogô. Rapidement, nous sommes allés cacher les véhicules sous les arbres, dans la partie la plus sombre.

— Savannah, tout va bien. Sogô a intercepté le chauffeur qui t'a enlevée. Il tentait de se sauver avec la voiture. Mais nous allons rester ici quelques minutes, parce qu'il semble qu'un véhicule inconnu soit en route.

— Comment tu m'as trouvée ? Ce sont les feux ?

— Ils ont aidé... Mais tu sais, tu portes toujours ta montre avec un mouchard à l'intérieur.

J'avais complètement oublié qu'il m'avait offert une montre avec un système de localisation intégré. Je n'étais pas du tout convaincue que c'était une bonne idée au début, mais aujourd'hui, je lui en étais reconnaissante.

— Rafi... le chien !

— Quel chien ?

— Regarde !

À côté de la voiture se tenait le chiot. Il s'est assis et Rafi a ouvert la porte. Il l'a pris dans ses bras et l'a fait monter à bord.

— À qui est ce chien ? m'a demandé Rafi.

— Je crois qu'il s'est perdu ou qu'on l'a abandonné.

— Chut..., a fait Rafi. Je pense qu'ils arrivent.

Nous avons vu apparaître un minibus. Trois occupants en sont sortis. Ils ont regardé les feux, ensuite ils sont entrés en courant dans la maison. Ils sont ressortis, furieux. Ils ont regardé partout autour de la maison, mais n'ont rien trouvé. Ils sont repartis après quelques minutes, emportant leur étrange valise de métal.

Après de longues minutes, nous avons repris la route. Pour ma sécurité, la voiture de Sogô était devant la nôtre. Une fois sur la grande route, nous n'avions plus à nous inquiéter.

Rafi m'a prise dans ses bras. Je me suis blottie contre lui. Le chien en a fait autant et je me suis enfin calmée. J'ai pu respirer normalement. J'avais baissé les armes, je n'avais plus aucune résistance.

# Le jour d'avant

# Chapitre 11

*Identification visuelle: Plus nécessaire*
*Identification auditive: Plus besoin :)*

Quand je me suis réveillée, il faisait jour. J'étais seule dans un grand lit. C'était une chambre que je ne connaissais pas et, honnêtement, je n'avais aucune idée du lieu où je pouvais être.

La décoration était joyeuse, les couleurs vives. Les lattes de bois des murs étaient peintes en jaune et le couvre-lit à motifs était aussi coloré, dans des teintes de rouge et d'orangé. Un capteur de rêves était devant la fenêtre qui donnait sur un jardin encore fleuri.

J'ai regardé le cadran; il était déjà onze heures. Combien de temps avais-je dormi? Je suis sortie de la chambre et je suis tombée sur trois jeunes hommes en pleine discussion, assis autour d'une longue table de cuisine en bois.

Ma chambre donnait directement sur la grande pièce centrale qui servait de cuisine et de salle à manger.

— Bonjour ! a lancé une voix un peu plus loin. Tu as bien dormi ? Je te fais un chocolat chaud ou un café ?

Rafi était dans un coin de la cuisine. Il semblait trouver la situation parfaitement normale. Je ne connaissais personne et j'étais en pyjama devant des inconnus. Je ne me souvenais pas de m'être déshabillée. Je regardais les gens, puis mon pyjama.

— Savannah, je te présente tes cousins… Fred, Jack et Sam.

— Bonjour et café, ai-je seulement répondu.

— La salle de bain est par là, m'a dit un de mes cousins en montrant du doigt l'autre côté de la pièce.

— Merci, ai-je glissé avant de m'éclipser.

Toutes mes affaires de toilette étaient là et il y avait même des vêtements. Rafi avait pensé à tout. J'ai pu sauter dans la douche. J'ai compris que j'étais chez mon cousin Jimmy et que les trois jeunes hommes devaient être ses fils. Ma famille. J'étais arrivée la veille et je ne me souvenais de rien. Bon, je devais faire bonne figure et arborer un beau sourire.

Une fois prête, je suis sortie en affichant la meilleure humeur possible, décidée à faire connaissance avec Jack, Sam et… Allez, Savannah, souviens toi… Fred !

Inutile, Rafi était seul à la table. Mon café et des céréales m'attendaient.

— Ils sont partis?

— Oui, ils vont prévenir tous les gens de la communauté. Tu auras tous les Micmacs de la région pour te protéger.

— J'aurais voulu leur parler un peu.

— Ils vont revenir, ne t'en fais pas.

Je me suis assise après avoir embrassé mon amoureux. J'ai entendu un petit «wouf» qui venait de sous la table. C'était le chien, dont je me souvenais très bien.

— Il nous a adoptés. C'est une race spécifique à la région. Il est très gentil.

— Hier soir, j'ai pensé que c'était un ours.

— Un ours? a répliqué Rafi qui n'a pas pu s'empêcher de rire.

— La nuit, dans une forêt, tout ressemble à un ours! ai-je répondu en riant moi aussi.

— Tu as vu sa taille?

— Je sais… Mais je n'ai jamais vu d'ours.

— D'accord, mais quand même!

Ce moment de détente me faisait le plus grand bien. J'avais envie de rire et de me moquer de tout ce que je venais de vivre.

— Il faudrait lui trouver un nom, ai-je annoncé.

— Tu veux qu'on le garde ?

— Tant qu'on ne lui aura pas trouvé de maison, oui. Alors ? Tu as une idée.

— Colosse ? Puisqu'il est capable de se faire passer pour un ours ! a proposé Rafi.

— Titan ?

— Titanique, a continué Rafi en riant toujours.

— Non, je ne veux pas qu'il coule. Himalaya ?

— Kilimandjaro ? On fait dans le géant. Yogi ? Grizzly ? Kodiak ?

— Oh, j'ai trouvé ! Nous allons l'appeler Osiris.

Le chien s'est levé et a remué la queue comme s'il voulait nous dire que ce nom lui plaisait. Nous avons arrêté notre choix sur ce nom.

Rafi m'a expliqué que mes amis avaient décidé qu'il était temps que je prenne une journée de congé. Les recherches continueraient sans moi. Le chauffeur qui m'avait enlevée était au poste de police et on allait l'interroger. Il faudrait tôt ou tard que je passe faire une déclaration, mais, pour l'instant, je devais me préparer à la fête.

— La fête ? ai-je demandé, surprise.

— Oui, celle des pirates. Nous arrivons en pleines festivités. D'ailleurs, une cousine va passer tout à l'heure te laisser un costume.

— Je vais me déguiser?

— Oui, et moi aussi. Tu vas être géniale en pirate Sav, c'est tout à fait ton style.

— Et on fait quoi dans ce genre de fête?

— On va au port, on visite, on mange des trucs, je suppose... On découvre le monde des pirates, on boit et on danse. Ce soir, je vais t'appeler Capitaine Savannah Repousse-Pieuvre, a ajouté Rafi en m'embrassant.

— Et tu seras Rafi le séducteur des mers.

Cette journée s'annonçait plutôt bien. Nous allions nous changer les idées. C'était une bonne chose, car les jours suivants seraient nettement moins amusants.

Le soir précédent

# Chapitre 12

Mes cousins étaient vraiment sympathiques. Ils m'ont raconté des histoires de pirates et de trésors cachés. Selon eux, il y en avait tout le long des plages de la côte jusqu'au Maine et même jusque sur les rivages de Cape Cod.

Ma cousine Aby est arrivée avec un costume de pirate magnifique. Je me suis habillée immédiatement et dès que j'ai eu enfilé les bottes, j'ai eu l'impression d'être projetée dans le temps. C'est incroyable comme un déguisement peut changer votre personnalité.

«Appelez-moi Capitaine Savannah, Jedi-des-mers», ai-je pensé.

Je me sentais désormais en sécurité. Les gardes de Sogô avaient suivi les gens de la Pieuvre. Pendant que je me détendais en m'imaginant capitaine d'un bateau, ils examinaient la vidéo faite au chalet avec un téléphone cellulaire, pour tenter d'identifier mes ravisseurs.

De notre côté, nous avons filé vers les festivités. C'était une journée spéciale. Nous fêtions l'arrivée d'un équipage, mais je ne savais pas lequel.

Tout le port de Mahone Bay, près de Lunenburg, était en liesse. Des gens déguisés déambulaient, heureux de participer à l'événement. Les artisans locaux nous invitaient à découvrir leurs trésors. Des verriers, des potiers, des ébénistes offraient des objets originaux posés sur des étals.

Nous avions d'abord fait des photos près de la magnifique réplique du bateau *Le Hector*, à bord duquel étaient arrivés les premiers colonisateurs de l'île en 1773. Le navire flottait dignement à Lunenburg.

Nous ne pouvions oublier que les pirates avaient connu une période très fructueuse pendant la colonisation. À cette époque, de nombreuses flottes quittaient l'Europe pour l'Amérique afin d'y apporter tous les biens nécessaires. Les navires s'arrêtaient dans les Caraïbes en cours de route pour s'approvisionner en sucre et en rhum, et pour se procurer des esclaves. Ils transportaient aussi les paies des soldats et des munitions pour les armes. Un butin prisé par les pirates.

Ces bateaux avaient beau avoir des équipages de soldats et être munis de canons, les pirates étaient souvent plus nombreux et savaient comment tendre des pièges efficaces.

Fred nous accompagnait et nous racontait le périple des pirates. Plusieurs s'arrêtaient sur les côtes de la Nouvelle-Écosse pour se reposer et se réfugier. Ils pouvaient se cacher facilement dans les nombreuses criques.

— Fred, est-ce que tu connais la différence entre les corsaires et les pirates ? a demandé Rafi en mordant dans un *lobster roll* acheté à un petit comptoir.

— Oui. Les corsaires étaient autorisés par leur gouvernement à piller tous les bateaux ennemis qu'ils croisaient. Normalement, ils rapportaient leur butin au roi.

— C'était légal ? ai-je demandé.

— Seulement en temps de guerre. Et si les corsaires étaient faits prisonniers, ils avaient les mêmes droits que les militaires.

— Les pirates faisaient la même chose, a lancé Rafi.

— Oui, mais en tout temps et sans lettre d'autorisation de leur pays. Ils attaquaient n'importe quel bateau, prenaient la marchandise et la revendaient. C'était des bandits.

— Certains tuaient les gens à bord, non ? ai-je demandé en me souvenant de films plutôt sanglants.

— Oui, mais la coutume voulait que les prisonniers soient libérés contre une partie de leur paie. Un quart, le plus souvent. C'est de là que vient l'expression «sans quartier». Vous connaissez ?

— Bien sûr, j'ai déjà entendu l'expression.

— C'était une façon pour les pirates de dire qu'ils ne prendraient pas de prisonnier, a continué Fred. Une fois les guerres terminées, les corsaires se transformaient parfois en pirates. Ce fut le cas du fameux Capitaine Kidd.

— Plusieurs pirates sont restés célèbres, comme Barbe Noire, ou des corsaires comme Surcouf, a commencé Rafi.

— Il y a eu des femmes?

— Oui, Anne Bonny et Mary Read, m'a répondu Fred.

— Fanny Campbell aussi, si je me souviens bien, a ajouté Rafi.

— Oui, c'est vrai. Elle a même été capitaine, a reconnu mon cousin.

Je ne savais pas ce que mon amoureux avait raconté sur ma recherche. Fred savait-il que je voulais visiter Oak Island et que je me demandais si le trésor était lié aux Templiers ou aux corsaires? J'hésitais à lui poser des questions trop précises.

— Le Capitaine Kidd était un corsaire et il attaquait les vaisseaux ennemis de l'Angleterre. Mais un jour, il y a eu confusion, et lui et son équipage se sont retrouvés sur un bateau britannique par erreur. C'est alors que lui et ses marins sont devenus des pirates, car ils ont refusé de laisser repartir le bateau.

Finalement, Kidd a été condamné à mort en Angleterre.

— Pourquoi est-il plus important que les autres ? ai-je demandé.

— Parce que certains croient que c'est lui qui aurait caché son trésor sur Oak Island. On n'a jamais retrouvé son magot et on sait qu'il utilisait les plages comme cachettes.

J'étais contente de pouvoir parler de l'île.

— C'est loin d'ici, Oak Island ?

— Non, c'est tout près, un peu plus au nord. Mais on doit avoir un permis pour y accéder, a ajouté Fred.

— Il n'y a pas d'autres moyens ? a demandé Rafi.

— Notre peuple est plein de ressources, a-t-il répondu d'un ton très mystérieux.

Nous nous sommes arrêtés devant un groupe de musiciens. Des gens dansaient et de faux pirates menaçaient d'enlever toutes les jolies jeunes filles. L'un d'entre eux a fait semblant de capturer une vieille dame qui riait aux larmes.

— Dis-moi, Fred, tu crois que c'est le trésor d'un pirate qui est caché là ? ai-je demandé simplement.

— Ce soir, nous te raconterons l'histoire des Micmacs, m'a-t-il annoncé. La vraie, celle qui se transmet de la bouche d'un Micmac à l'oreille d'un autre Micmac. La légende de l'île est liée à notre peuple.

Nous avons continué à nous promener. Je ne pouvais m'empêcher de surveiller à gauche et à droite. Mais chaque fois que je me sentais observée par quelqu'un, mon cousin lui faisait un signe, car ils se connaissaient.

Ils protégeaient une des leurs et j'étais fière de mes origines. Je savais que je devais m'appliquer à tout apprendre pour leur faire honneur.

Un drapeau de pirate flottait au vent. J'ai remarqué qu'il affichait un crâne et deux os croisés. N'était-ce pas le symbole qu'utilisaient parfois les Templiers ? Un peu comme cette tête de mort que nous avions vue au musée de Pompéi ?

— Fred, tu sais d'où vient le fameux drapeau des pirates ?

— On l'appelle le Jolly Roger. En marine, on dit « pavillon », pas « drapeau ». Plusieurs affirment que ce terme est dérivé des mots français « joli rouge », qui était le carré rouge que les pirates hissaient lors des attaques. On l'appelait aussi le « sans quartier ».

— Ah oui, je comprends... Joli rouge. Si on insiste sur le « e » final, ils devaient entendre Jolly Roger ou presque.

— Mais une autre hypothèse est intéressante. Roger II de Sicile, qui était surnommé Jolly Roger, aurait été le capitaine de la flotte des Templiers à la suite de l'arrestation de leur Grand Maître, nous expliqua Fred. Ne pouvant plus hisser leur propre pavillon, les Chevaliers auraient pris celui-ci, qui avait été utilisé lors de l'attaque contre Rome.

Ce symbole avait traversé les mers. Donc, les Templiers aussi, non ? Nous approchions de quelque chose d'important. Je le sentais.

# Chapitre 13

Osiris nous suivait pas à pas. Nous nous étions arrêtés pour lui acheter ce qu'il fallait pour l'identifier et le nourrir. Au début, il n'a pas aimé sentir le collier, mais, après quelques minutes, il s'était déjà habitué.

Quand j'ai expliqué à la jeune fille du magasin, qui gravait son nom sur sa médaille, qu'Osiris était le frère d'Isis et qu'il était le dieu masculin de l'ancienne Égypte, elle m'a regardée comme si j'étais une personne étrange venue d'une autre planète. Elle n'était clairement pas intéressée à connaître les origines du nom du chien.

Il était si docile que nous en oubliions presque sa présence. C'est ainsi qu'après avoir participé à une danse au milieu de corsaires, de pirates et d'autres gens déguisés, je me suis rendu compte qu'il avait disparu.

Nous l'avons appelé, mais le pauvre ne devait pas encore connaître son nom, surtout après si peu de temps. Nous le cherchions quand nous l'avons aperçu qui entrait par une porte menant au sous-sol d'une maison ancienne.

Nous n'osions pas entrer. Qu'avait-il senti dans ce lieu ? Personne ne savait quoi faire. Sonner et demander si nous pouvions récupérer notre chien, ou attendre qu'il sorte de lui-même ?

Après quelques minutes, heureusement, nous l'avons vu ressortir, tout heureux. Cependant, il avait quelque chose de brillant dans la gueule.

— Ici, le chien, a appelé doucement Rafi.

Osiris est venu s'asseoir à nos pieds, trop heureux de nous faire cadeau de sa découverte. Nous étions terriblement gênés. Notre chien avait volé quelque chose. Rafi se préparait à aller le rendre, lorsque Fred a vérifié de quoi il s'agissait.

Il nous a montré le collier qu'Osiris avait rapporté. J'ai sursauté et je l'ai regardé de plus près. C'était ma pierre de lune bleue. Je l'avais perdue dans la forêt lors de mon enlèvement et j'étais certaine de ne jamais la revoir.

Que faisait mon collier dans cet endroit ? Comment avait-il fait le chemin entre le chalet et cette vieille maison près du port ?

Rafi n'a fait ni une ni deux et m'a prise par la main. Fred a sifflé et trois hommes sont venus vers nous. Il a fait signe que nous partions et ils nous ont suivis. Je devais m'éloigner de ce lieu au plus vite.

Nous avons couru jusqu'à la voiture où le chauffeur nous attendait. Nous sommes montés et les amis de mon cousin sont restés derrière nous pour s'assurer que nous n'étions pas suivis.

— Ne t'en fais pas, nous trouverons facilement qui habite là, m'a assuré Fred.

Nous avons roulé en silence. Rafi a sorti de sa poche une friandise maison qu'il avait achetée un peu plus tôt et me l'a tendue en souriant. Il voulait détendre l'atmosphère. C'était gentil, mais les idées tournaient à un rythme fou dans ma tête.

Tout en grignotant le sucre d'orge, je regardais le magnifique paysage défiler par la vitre.

— En tout cas, Osiris possède tout un flair! a conclu Rafi.

Il avait raison. Mon chiot avait-il senti mon odeur à cette distance? On dit que les chiens ont un odorat mille fois plus puissant que celui des humains, mais de là à percevoir mon odeur de la rue jusque dans la maison, était-ce possible?

Je regardais Osiris en me posant cette question: que faisait-il là? Il aurait pu appartenir à quelqu'un de la Pieuvre.

Il est monté sur mes genoux, espérant pouvoir lécher le sucre d'orge. Immédiatement, mes craintes sont tombées. Il était beaucoup trop jeune pour avoir été dressé par un groupe comme la Pieuvre.

Nous avons fait un arrêt de quelques minutes au poste de police pour que je signe ma déposition contre le faux chauffeur qui m'avait enlevée. Un détour dont je me serais bien passée. Mais, après tout, cet épisode était derrière moi et je pouvais enfin me concentrer sur ce qui nous attendait.

Rafi et moi ne comprenions toujours pas comment j'avais réussi à faire croire mon histoire de tunnel à mon kidnappeur, vraiment trop naïf et amateur. Comment les gens de la Pieuvre avaient-ils pu lui confier une mission aussi importante?

# Chapitre 14

La région où nous étions avait d'abord été habitée par les Micmacs. Ensuite, des Acadiens s'y étaient installés. Mais, curieusement, un des nombreux plats nationaux de la région était... la choucroute!!!

O-ô

Il faut savoir qu'après la déportation des Acadiens, ce sont des Suisses et surtout des Allemands qui sont venus s'établir dans cette magnifique contrée.

Donc, c'est devant une sorte de choucroute réinventée par mes cousins que nous avons discuté autour de l'immense table de la cuisine. Le plat était garni de saucisses maison faites par Dorothy, avec les animaux chassés par mes cousins. C'était délicieux.

Il y avait Jimmy, sa femme, ses trois fils que j'avais déjà rencontrés, ainsi que Sogô, Alexandre et Anaïs. Nous tentions de faire le point sur ce qui s'était passé la veille.

— Tu as bien entendu la voix d'une femme dans l'étrange appareil que tu nous as décrit, Savannah ?

— Oui. Le son n'était pas très bon, mais c'était clairement une voix féminine.

— Il y avait aussi une femme dans le véhicule hier soir, a ajouté Rafi. Elle portait un chapeau et un pantalon, mais c'était évident qu'il s'agissait d'une femme.

— Nous avons bien une femme sur la courte vidéo, mais c'est trop sombre pour qu'on puisse voir son visage. Mes gens qui ont suivi le véhicule affirment qu'ils n'ont vu que des hommes, aucune femme.

— Êtes-vous certains qu'elle est repartie avec le groupe ? a demandé Jimmy. Elle est peut-être restée sur place.

— Non, je l'ai vue remonter dans la voiture, a précisé Rafi.

— Il faut donc qu'elle soit descendue à un moment donné, mais où ? a demandé Sogô.

— Si vous voulez nous conduire sur les lieux, mes hommes et moi trouverons ses traces, a dit Jimmy. Nous saurons où ils se sont arrêtés.

— C'est une excellente idée ! a lancé Sogô, enchanté par la proposition.

Nos amis nous avaient expliqué plus tôt qu'ils connaissaient la région sur le bout de leurs doigts et qu'ils avaient souvent chassé dans cette forêt. Les Amérindiens ont des techniques de chasse très différentes des nôtres et ils sont d'excellents pisteurs. On dit qu'un Amérindien qui porte des mocassins peut être plus silencieux que la brise.

Si cette femme s'était arrêtée, ils allaient retrouver sa trace.

Après le repas, nous sommes sortis pour nous asseoir à l'extérieur, près d'un feu qui avait été allumé en mon honneur.

On nous a tendu de longues branches et les gens assis autour du feu se passaient un sac contenant d'énormes guimauves et un paquet de biscuits au chocolat.

Je les ai observés quelques minutes. Ils faisaient d'abord griller le *marshmallow* et ensuite, ils le plaçaient entre deux biscuits. J'ai tenté de faire la même chose, mais tout me collait aux doigts et ma guimauve a pris feu. Au deuxième essai, j'ai réussi sans trop de dégâts et, même si ce dessert était vraiment très sucré, c'était divin.

Fred s'est assis près de moi et nous a raconté à sa manière l'histoire que son arrière-grand-père lui avait transmise et qu'il tenait lui-même de son ancêtre. Et elle datait de bien avant l'arrivée des Blancs.

— Au début, notre peuple est venu par le détroit du Nord-Ouest, il y a de cela plus de dix mille années. Nous étions installés avant les hommes venus du Nord. Le mot « Micmac » ou « mi'kmaq » veut dire « mes amis ». Nous vivions de chasse et de pêche, compagnons pacifiques de cette nature riche et abondante. Nous connaissions les herbes et les fleurs. Cette terre était notre maison.

« Notre dieu est Glouskap. Il a créé le monde, la terre, la mer et les montagnes. Il a donné aux animaux leur apparence, aux fleurs leurs couleurs, aux fruits leurs goûts. Il nous a enseigné les cérémonies sacrées et, surtout, il nous a appris à déceler l'avenir de différentes façons. Les Micmacs sont connus pour avoir le don de faire des rêves prémonitoires. En attendant le retour de notre dieu pour le dernier jour, nous devons nous montrer dignes de lui.

« Nous avons rencontré des hommes blancs aux cheveux clairs. Ils voguaient sur les mers et furent nos amis. Ils nous ont montré à utiliser la tente à suer, avec l'eau et la vapeur. »

— C'est quoi, une tente à suer ? ai-je murmuré à l'oreille de Rafi.

— Je crois que c'est une sorte de sauna.

— Ah, merci.

— Nous, nous leur avons fait découvrir nos richesses. Un jour, un étranger est venu. Nous avons pensé que c'était le retour de Glouskap. Ses hommes le traitaient comme un chef. Il transportait des objets mystérieux. Il voulait visiter l'île des arbres géants. Cet homme avait trois filles dans son pays lointain. Il nous a dit être chevalier et il nous a offert son étendard.

J'écoutais sans rien dire, mais je tenais à savoir immédiatement à quoi ressemblait l'étendard en question. S'agissait-il d'un drapeau? Aucun ne flottait autour de la maison.

Mon cousin Jimmy a compris ce que je cherchais. Il est entré dans la maison pour ressortir quelques secondes plus tard avec un immense tissu.

Je suis restée bouche bée devant le drapeau qu'il me présentait. Sous mes yeux se déployait l'étendard des Templiers. Je devais vérifier, mais j'étais vraiment convaincue que c'était bien un symbole que j'avais vu à plusieurs reprises.

Le fond était blanc, et la croix, la lune et l'étoile étaient rouges.

J'en ai parlé tout de suite à Rafi qui a fouillé sur sa tablette. Nous nous sommes un peu éloignés pendant que Sam entonnait un chant traditionnel, s'accompagnant de son tambour.

La croix était décalée, pas du tout centrée. C'est ce qui faisait immédiatement penser aux Templiers.

Rafi a finalement trouvé ce que nous cherchions. C'était le drapeau associé à la famille Sinclair et, aussi, celui que les Templiers brandissaient lors des batailles à une certaine époque :

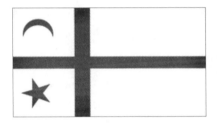

Les mêmes couleurs, les mêmes formes, mais inversées !!! Il me semblait que je venais enfin de mettre le doigt sur un élément essentiel de ma quête.

Nous avons continué d'écouter les chants et, dès que ce fut possible, nous avons dit au revoir à Anaïs, Alexandre et Sogô qui allaient dormir à l'hôtel.

Rafi et moi avions prétexté une grande fatigue pour aller directement dans notre chambre. Osiris nous a suivis. J'avais vraiment hâte de pouvoir enfin discuter avec mon amoureux de ce que nous avions découvert.

Au cours de la soirée, Fred avait continué à nous conter les histoires de ses ancêtres, mais rien n'avait autant retenu mon attention que le drapeau et le fait que certains Micmacs possédaient le don de prédire l'avenir, comme mon arrière-grand-mère.

J'ai montré mon étrange cadeau pour faire du feu à mon amoureux. Il l'a examiné et m'a indiqué qu'une des clés étaient aussi un sifflet.

— C'est un amadou, Savannah.

— Un quoi?

— Un briquet très simple pour faire du feu, et qui peut servir n'importe où. C'est la pierre qui crée l'étincelle.

— Maria a vu que j'en aurais besoin, puisqu'elle me l'a donné sans me le dire.

— Je pense qu'elle est très spéciale, ton arrière-grand-mère, a répondu Rafi en souriant.

— Je sais que tu n'y crois pas, mais, lorsque je me suis retrouvée toute seule, c'est cet objet qui m'a donné l'idée de faire des feux pour qu'on me retrouve. Mon arrière-grand-mère savait que je serais en danger.

— Ou bien elle se doutait que tu pourrais en avoir besoin un jour, puisque tu lui as raconté toutes tes aventures.

— Je n'aime pas que tu doutes de son don, ai-je continué, un peu vexée.

— Je suis étudiant en médecine, Savannah. Je crois d'abord à la science, mais je sais aussi que l'humain est capable de choses incroyables par la seule force de sa pensée. Mais de là à deviner l'avenir, j'ai des doutes.

— Eh bien, pas moi.

— Ne te fâche pas, Savannah. J'ai besoin de plus de preuves que toi, tout simplement.

Nous avons enchaîné avec les drapeaux. Leur ressemblance était troublante.

Si un homme blanc était venu avec ce drapeau, c'était forcément Sinclair, le même qui avait fait construire la chapelle de Rosslyn. Il avait prétendu avoir fait un voyage en Amérique, et on avait trouvé des plantes étranges dans la décoration de ce célèbre lieu de culte.

Tout cela ne pouvait pas être seulement le fruit du hasard. Il fallait bien que nous soyons arrivés ici pour une raison. Donc, j'ai proposé à Rafi que, dès le lendemain, nous commencions à explorer l'île. Il fallait trouver une façon discrète d'y aller et, surtout, nous renseigner sur la compagnie qui conduisait les fouilles et en contrôlait l'accès.

Rafi était d'accord, surtout que nous ne devions pas perdre de temps, puisque la Pieuvre était sur nos traces et le danger, bien réel.

Nous avons entendu frapper doucement à la porte.

— Entrez! a lancé Rafi.

C'était Jimmy. Ils avaient identifié le nom du locataire de la propriété où le chien était entré plus tôt.

Il s'agissait d'une certaine Mickaela Watercress. Elle avait loué la maison pour dix jours. Elle devait y tenir des conférences, selon ce qu'elle avait expliqué aux propriétaires qui ne l'avaient jamais rencontrée.

— Une femme! ai-je lancé. Et les pistes dans la forêt, Jimmy, quelqu'un y est allé?

— J'attends le rapport. Joe est le meilleur pisteur à des kilomètres à la ronde. Il va trouver. Vous voulez que je vous réveille quand il arrivera?

— Non, a répondu Rafi. Demain matin, ce sera parfait. Savannah doit se reposer.

— Mais si je ne dors pas parce que j'ai hâte de connaître la réponse, ce n'est pas mieux.

— Tu vas dormir, tu es épuisée.

— On verra bien, docteur.

Je savais que Rafi s'inquiétait pour moi. C'était peut-être la fatigue, mais je le trouvais un peu trop protecteur. Quand je ne suis pas en forme, je suis un peu boudeuse, donc j'ai croisé les bras et fait une tête de ronchonneuse.

— Je fais quoi alors ? a demandé Jimmy.

— Au petit déjeuner, demain, tout le monde à table à 7 h 30. Nous devons trouver le moyen de nous rendre sur l'Île-aux-Chênes. Nous écouterons aussi tous les informateurs, ai-je affirmé en reprenant la direction des opérations.

— Parfait, bonne nuit ! a lancé Jimmy avant de refermer la porte.

J'ai repris les documents que nous avions apportés et j'ai commencé à lire ce qu'on y disait au sujet de cette famille Sinclair et de leur demeure en Écosse.

Ce jour-là

# Chapitre 15

Le lendemain matin, nous avons été réveillés plus tôt que prévu par un brouhaha dans la cuisine, plus précisément par des voix qui essayaient de se faire discrètes, mais qu'on entendait tout de même. Des bruits de vaisselle et de pas ont fini par nous décider à nous lever.

J'ai ouvert la porte, prête à me rendre à la salle de bain, quand j'ai réalisé qu'un groupe d'hommes était déjà à table en train de manger des œufs et du bacon, pendant que d'autres étaient debout, tenant leur tasse de café.

J'ai pris mes vêtements et j'ai couru vers la porte de l'autre côté, tout en lançant un joyeux salut à l'assemblée.

Une fois lavée et habillée, je suis me rendue à la table, pendant que Rafi sautait dans la douche à son tour.

— La demoiselle prend ses œufs comment? a lancé Jimmy.

— Euh... Je n'ai peut-être pas si faim...

— Fais-les comme maman les préparait, Jimmy, a lancé un homme qui ressemblait beaucoup à mon cousin.

Il y avait beaucoup d'hommes et j'étais la seule femme. J'ai immédiatement imaginé les équipages de pirates qui avaient une femme comme capitaine. Elle devait avoir la confiance de ses hommes pour pouvoir les diriger au cœur des tempêtes et des attaques.

Les hommes se sont présentés, mais je n'ai pas retenu tous les noms. Ils étaient de la parenté ou des amis, venus pour m'aider et me rencontrer. On m'a invitée à m'asseoir au bout de la table.

— Attends de goûter à ça! Des œufs tournés dans le sirop d'érable chaud, des fèves au lard, pis du pain grillé sur la plaque en fonte. Joe fait mieux que le chef de la cuisine de l'hôtel. Y a rien qui bat son petit déjeuner, cousine.

— J'ai fait du café aussi, a continué Fred, que je reconnaissais.

Joe est entré avec une pile, non, plutôt une montagne de tranches de pain grillé avec des marques noircies. Les hommes les ont badigeonnées de beurre et en ont mis deux dans mon assiette. Je regardais ce ballet en silence, émerveillée de voir tous ces costauds à la cuisine.

Rafi est venu nous rejoindre. Aussitôt, on lui a offert à son tour une assiette géante.

— Avec, en plus, des cretons maison, a précisé Jimmy.

— Où sont les femmes ? a demandé Rafi.

— Elles sont parties aux bleuets. Elles vont faire des tartes cet après-midi, a lancé un des hommes dont j'avais déjà oublié le nom.

— Ma femme, elle appelle ça des myrtilles, a dit Jimmy.

— Ben peu importe, ça fait de mauzusses de bonnes tartes, a conclu un cousin qui n'avait pas encore parlé.

— Je préfère le pudding aux bleuets. Ma femme le réussit tellement bien que je pense que je l'ai mariée juste pour ça, a lancé un homme plus âgé en riant de bon cœur.

J'ai regardé l'heure ; il était 6 h et tout le monde était déjà bien réveillé. « Des lève-tôt dans ma famille ; je n'ai certainement pas hérité de ce gène-là ! » ai-je pensé. Moi, le matin, il ne faut pas trop me poser de questions. Je me forçais à sourire et j'avais envie de demander le silence.

Les œufs étaient délicieux, sucrés, mais pas trop. Les tranches de pain larges et généreuses étaient divines et tout le reste est passé tout seul, comme si je n'avais pas mangé depuis des jours.

— La demoiselle va être en forme pour explorer l'île ! a dit Jimmy en ramassant mon assiette vide.

— Vous voulez vraiment aller à Oak Island ?

— Oui, nous devons aller voir ce qui se passe là, a répondu Rafi.

— Ben, ça va prendre un Zodiac. On va demander au voisin, y en a un de prêt, a proposé Joe.

— Je vais les accompagner, a ajouté Fred en préparant un sac à dos. Je connais bien les plages. Je vais trouver un bon *spot*.

Je me suis levée pour me resservir du café.

— On a trouvé des traces, a expliqué Jimmy. De belles empreintes. C'est bien celles d'une femme. C'est Joe qui les a pistées. C'est le meilleur, je vous l'avais dit.

— Merci, cousin ! Oui, a continué Joe, visiblement flatté. Elle est descendue à la route du chemin de la ferme des Smith. Elle est allée jusqu'à la grange au bout de son terrain, une vieille bâtisse abandonnée. Après, il y a des traces de moto. Elle est partie vers le port, alors que le minibus est reparti vers la ville.

Il était temps que j'ouvre la bouche et que je parle. Mais toutes ces informations venaient se rajouter aux autres et j'allais avoir besoin qu'on s'assoie en groupe, mes amis et moi, pour tenter de faire le point.

Je suis retournée à la table avec mon café et j'ai invité les hommes à nous rejoindre. Tout le monde s'est assis. J'avais tout à coup l'impression d'être à nouveau capitaine de bateau. Je devais montrer une certaine assurance, puisque Rafi a lancé joyeusement :

— Nous vous écoutons, Capitaine Savannah Retrousse-Poil !

Je lui ai souri. Il me connaissait trop bien.

J'ai alors commencé à parler, pendant que vingt oreilles se tendaient vers moi :

— J'aimerais qu'on résume tout ce qu'on a jusqu'à maintenant. Une dame a quitté la voiture en route pour se procurer une motocyclette et elle s'est rendue au port. Peut-être même à la maison d'où Osiris a rapporté mon collier. (Osiris en a profité pour réclamer son repas que Rafi lui a servi rapidement.) Elle pourrait s'appeler Mickaela Watercress, si c'est sa véritable identité.

« Les hommes engagés par Sogô ont suivi des gens dans un minibus, mais ils ont perdu la piste de cette femme.

« Tout nous mène vers cette île depuis l'Écosse. Le fait que cet endroit s'appelle Nouvelle-Écosse n'y est certainement pas étranger.

« Les Micmacs sont ici depuis très longtemps. Ils ont croisé les Vikings et sans doute des Templiers. Un homme, venu d'Écosse, serait arrivé dans ce secteur et aurait laissé son drapeau. Bien. Dites-moi, en micmac, ça veut dire quoi, Acadie ? »

— Lieu d'abondance, a répondu Jimmy sans hésiter.

— C'est très près d'Arcadie, qui, selon les Grecs, était un lieu paradisiaque, a ajouté Rafi.

— Et si je vous demande ce que veut dire *Et in Arcadia ego*?

Ils se sont regardés, grimaçant un peu et ne sachant pas quoi répondre.

Alors Fred nous a fait signe qu'il était prêt.

— On devrait y aller tout de suite avant que le soleil soit trop haut. On va mieux passer inaperçus.

— Et prenez des *coats* de pluie.

— Pardon? ai-je demandé à Jimmy.

— Des imperméables, il va pleuvoir, a expliqué Joe.

Nous avons commencé à ramasser ce dont nous aurions besoin. Nous partions à l'aventure. Deux hommes se sont ajoutés à notre expédition, Joe et son frère, Bo.

# Chapitre 16

Nous avions emprunté le bateau du voisin, un grand Zodiac assez vaste pour nous tous. Il était gris et nos imperméables aux imprimés de camouflage d'armée nous aideraient à passer inaperçus. Osiris nous avait suivis et, après avoir hésité un moment, nous avons décidé de l'amener avec nous. Nous avions appris que les chiens Nova Scotia appartenaient à la famille des retrievers et qu'ils étaient de bons chasseurs, et surtout d'excellents nageurs.

Fred nous avait dit que plusieurs jeunes s'aventuraient sur l'île et qu'en passant par le nord-ouest, loin du puits du trésor, nous aurions plus de chances de ne pas être repérés.

Nous sommes partis en camionnette et, après une vingtaine de minutes de route, nous sommes arrivés à un petit quai très discret. Fred connaissait l'endroit. Il nous a indiqué l'île au large. Nous n'avions qu'un bras de mer à traverser. Il y avait beaucoup de brume, et une pluie froide, plutôt une sorte de bruine, mouillait tout notre matériel.

Rafi avait prévenu Sogô que nous irions sur l'île et c'est sans surprise que nous avons vu arriver un autre véhicule avec, à son bord, Sogô, Alexandre et Loup.

Cette île semblait être une histoire d'hommes.

Nous nous sommes salués discrètement. Ce n'était pas le temps des embrassades. Sogô avait lui aussi un Zodiac et nous sommes partis ensemble. Sans faire de bruit, comme lors d'une excursion mystérieuse. Nous avons accosté sur une grève.

Sans aucune hésitation, Osiris a sauté à l'eau le premier. Il a nagé jusqu'à sur la plage où il s'est mis à donner des coups de patte, comme s'il nous appelait à venir le rejoindre.

— Les chiens Nova Scotia font ça pour attirer les canards, nous a expliqué Bo.

Nous avons commencé à marcher en regardant autour de nous. À première vue, il n'y avait rien d'extraordinaire, c'était simplement une île comme bien d'autres.

Il s'est mis à pleuvoir. D'un côté, le mauvais temps nous assurait que peu de gens viendraient nous déranger, mais, d'un autre, nous marchions sur de la terre mouillée, et on voyait mal où on mettait les pieds.

Nous suivions un sentier qui passait entre les arbres. Je regardais autour de moi et tentais de découvrir un signe sur un rocher ou un tronc d'arbre.

Osiris est parti à courir d'un coup. Nous l'avons suivi, sans savoir où il allait. Nous sommes arrivés nez à nez avec un homme qui avait une drôle de perche et un chien qu'Osiris semblait beaucoup apprécier.

— Hé... Joe, quoi c'est que tu fais icitte? a lancé l'inconnu qui avait un fort accent acadien, entre l'anglais et le français.

— On vient montrer le secteur à notre cousine Savannah. Cousine, je te présente Jeff, un bon chum.

— Avec la *rain,* c'est pas trop *crowdy* dans le coin. *Take care* au *pit.* Avec c'te temps-là, on voit pas trop bien de y'ousse qu'on met les pieds. *Checke* ben les trous faites par les trésors *hunters.*

— Pas de trouble, a répondu Joe. On pense pas aller jusque-là. Toi, tu fais quoi sur la *trail?*

— Avec mon chien, on *checke* pour de l'or. C't'une machine qui va me trouver le *jackpot,* a-t-il expliqué en nous montrant sa perche avec une étrange rondelle au bout.

Il la passait sur le sol et une sorte de radio indiquait la présence de métal.

— T'as-tu pris de quoi jusqu'astheure? a demandé Fred.

— Pas pantoute... mais j'ai toute mon temps, *man.*

Nous nous sommes salués et chacun a repris sa route. J'avais réussi à comprendre que Jeff cherchait de l'or avec son instrument et que, jusqu'à maintenant, il n'avait rien trouvé, mais qu'il avait tout son temps.

— Si j'ai bien saisi, il nous suggère d'éviter l'endroit où ont lieu les recherches? a demandé Sogô.

— Oui. Ils ont fait tellement de fouilles qu'on ne sait plus exactement où est le puits principal, a répondu Joe en replaçant sa casquette trempée. Les chercheurs de trésors ont changé l'île en passoire.

— C'est devenu dangereux. Il y a des trous partout. Même ici, il faut être prudent, a continué Fred.

— Nous cherchons quoi au juste? a demandé mon frère, qui se tenait les bras croisés pour se réchauffer.

— Un indice que les Templiers sont passés par ici… ou, sinon, que cette île cache un trésor de pirates, ce qui nous serait inutile, car ce que je cherche ne peut être associé qu'aux Chevaliers, ai-je expliqué.

En marchant, je leur ai raconté que les Chevaliers du Temple, après avoir été chassés par le roi de France Philippe le Bel, se sont dirigés vers des endroits plus sûrs pour eux. L'Espagne, pour ceux qui étaient au sud, car le roi d'Espagne hésitait à suivre le roi de France dans cette chasse à l'homme. Plusieurs autres sont partis vers l'Angleterre et ont continué ensuite jusqu'en Écosse.

La question était simple : des hommes tels que les Templiers étaient-ils venus en Amérique avant Christophe Colomb ? Nous savions que les Vikings étaient allés explorer plusieurs régions de l'Amérique. On avait même retrouvé un drakkar au bord du Mississippi, qui datait de bien avant l'arrivée de Colomb. Des cartes anciennes montraient clairement que des marins étaient venus aussi, et le Jolly Roger pouvait être relié aux Chevaliers.

Les Templiers n'avaient eu qu'à se procurer ces cartes et avaient pu venir explorer cette contrée et y cacher leurs biens les plus précieux, sachant que les voyageurs étaient très rares dans cette partie du monde.

Si c'était le cas et que nous pouvions associer un prétendu Templier écossais à cette île, ce serait une grande découverte. Car il n'y avait pas de meilleur endroit où cacher un tel trésor au 13e ou 14e siècle.

— Sinclair aurait fait reproduire certaines images dans la chapelle, comme le maïs et l'aloès, pour attiser notre curiosité sur ces plantes inconnues en Europe, a suggéré Sogô.

— D'autres seraient venus ensuite et auraient pris le tableau de Poussin comme référence à l'Arcadia ; Acadie, selon les Micmacs. Ils auraient fait graver la pierre en Angleterre, ai-je continué.

— Donc, tout nous porte à croire que notre trésor pourrait être ici, a conclu Alexandre.

La végétation nous bouchait la vue. Rafi et moi traînions un peu en arrière. Osiris aimait aller à droite et à gauche et nous retardait.

Les autres sont partis devant, alors que le chien a pris une route parallèle. Nous avons tenté de le rattraper, mais il courait trop vite et nous glissions sur les pierres mouillées.

Rafi était devant moi lorsque, tout à coup, je l'ai vu disparaître. Il a crié et je me suis arrêtée devant un précipice. C'était un trou géant, comme un petit lac vidé de son eau. Rafi se tenait sur le bord. Il avait glissé sur une pierre et avait réussi à se raccrocher. Je me suis couchée pour l'aider. Il était trop lourd pour que je le tire jusqu'en haut. Il avait les pieds pendants dans le vide. J'ai appelé à l'aide.

— Même s'ils t'entendent, ils ne savent pas où nous sommes, a-t-il dit.

— Tu ne peux pas t'aider avec tes pieds? ai-je suggéré.

Il a essayé, mais la terre était trop glissante et il n'avait pas de prise.

Je tenais ses vêtements de toutes mes forces. Je ne voulais pas qu'il tombe. J'avais si peur que mes yeux s'embuaient et mon cœur s'emballait tellement qu'il me faisait mal.

Mes mains commençaient à trembler à cause de l'effort. Je tentais d'imaginer des solutions, mais à part appeler à l'aide encore, je ne savais plus quoi faire.

— Je t'aime, c'est tout ce qui compte. Souviens-toi toujours que je t'aime.

Il me faisait ses adieux, mais moi, je refusais de lâcher prise. Il a voulu me convaincre de ne plus le retenir. Il avait peur que la terre cède et qu'il m'entraîne dans sa chute. Avec toute cette brume et la pluie, on ne voyait pas quelle profondeur avait ce trou, mais il était profond.

C'est alors qu'Osiris est venu nous rejoindre. Je lui en voulais, car, sans lui, nous ne nous serions pas éloignés de la piste. Il s'est collé à moi, comme s'il voulait attirer mon attention.

— Osiris... Va-t'en... Va chercher de l'aide ! ai-je crié sans trop croire qu'il m'écouterait.

— Savannah, écoute-moi... c'est important !

Osiris est venu près de mon visage. Il tenait le cadeau de mon arrière-grand-mère dans sa gueule. Je ne pouvais pas faire de feu, mais, tout à coup, je me suis souvenue qu'une des clés servait aussi de sifflet.

— Osiris... Approche... Approche...

Si j'arrivais à saisir le sifflet avec ma bouche, nous avions des chances qu'on nous repère.

Osiris a laissé tomber le sifflet près de mon épaule. En allongeant mon cou, j'ai réussi à l'atteindre.

— Qu'est-ce que tu fais? Tu vois bien que ça ne sert à rien!

J'ai saisi l'objet avec ma bouche et j'ai soufflé de toutes mes forces. Le son était assourdissant, mais on allait l'entendre de loin. Je ne voulais pas arrêter tant que l'aide n'arriverait pas.

Quelques minutes plus tard, Joe et Alexandre sortaient du bois. Ils venaient à notre secours. Joe savait quoi faire. Il a saisi les bras de Rafi et m'a repoussée.

Mon corps au complet tremblait d'épuisement. Je ne pouvais même plus me relever. Je regardais Joe et Alexandre tirer sur Rafi avec précaution tout en se sécurisant tous les deux, et je me suis mise à pleurer doucement. Osiris est venu se blottir contre moi. Après quelques secondes qui m'ont paru de longues minutes, Rafi est venu me rejoindre. Nous nous sommes assis l'un près de l'autre, encore ébranlés par l'émotion.

— Merci, Capitaine, tu as été très courageuse, a murmuré Rafi.

— C'est une chance que tu aies eu un sifflet, a dit Joe.

— Je vais aller prévenir qu'on vous a retrouvés. Nous nous sommes séparés quand on a vu que vous n'étiez plus derrière nous, a expliqué Alexandre. Je peux y aller ?

— Oui, oui, on va se reposer quelques minutes… On vous rejoint bientôt, a soufflé Rafi.

Rafi s'est approché doucement et il m'a prise dans ses bras.

— Merci.

Je ne pouvais pas répondre. Mes dents claquaient de peur, d'angoisse et de soulagement.

Nous nous tenions tous les deux collés l'un contre l'autre, inquiets et si submergés par l'émotion que je n'ai pu m'empêcher de commencer à embrasser ses joues puis son front.

Je me suis mise à genoux pour l'embrasser en le regardant dans les yeux. Saisissant son visage de mes mains tremblantes, c'était comme si je ne pouvais plus m'arrêter. J'ai posé mes lèvres sur ses paupières, son nez, ses cheveux. Il a fini par rire et je l'ai serré très fort sur mon cœur.

— Moi aussi, je t'aime, Sav. Je crois que c'est ce que tu essaies de me dire, non ?

Nous sommes restés sans bouger pendant de longues minutes avant que la vie nous reprenne dans son tourbillon infernal.

# Chapitre 17

Une fois l'équipe réunie et le calme revenu, nous avons appris qu'il s'agissait d'un trou naturel, car plusieurs galeries et grottes se trouvaient sous nos pieds. La terre s'était affaissée il y avait plusieurs années, laissant une sorte de cratère que nous n'avions pas vu sous la pluie.

Nous avons décidé qu'il valait mieux retourner aux Zodiac et revenir quand la température serait plus clémente et nous permettrait de mieux voir où nous marchions.

Nous sommes retournés sur la terre ferme où les voitures nous attendaient. Nous nous sommes assis sur des bûches le temps de reprendre nos esprits. Malgré le petit déjeuner copieux, la faim nous tenaillait l'estomac.

Nous avons attaché une bâche entre le toit d'une camionnette et deux grands arbres. Nous pouvions ainsi nous protéger de la pluie. Fred a sorti deux chaises pliantes, Joe a trouvé des bûches pour que tout le monde puisse s'asseoir et nous avons pris le temps de manger, tout en discutant. Osiris a eu droit à un bout de sandwich au poulet. Il avait bien mérité ce petit cadeau.

Sogô nous a avertis que nos amis arrivaient dans un véhicule. Joe a trouvé de nouvelles bûches et nous avons vu arriver la voiture avec Anaïs, Loup et Charlotte. Ils venaient prendre des nouvelles et voir si on avait besoin d'aide.

Les autres étaient à bord de l'avion, toujours à la recherche d'informations. Ils avaient bien reçu les photos de la dalle gravée d'un code secret. Ils tentaient de découvrir si le message qu'on prétendait y lire était le bon.

Nous avons parlé du tableau trouvé en Angleterre à Shugborough Hall, et Fred a tenu à ce qu'on lui montre le code en question. Il regardait la série de lettres entrecoupées de points qui nous avait amenés jusqu'ici.

— Il y a un D et un M, a commenté Fred. C'est étrange, non?

— Oui. Tu sais ce que cela veut dire? ai-je demandé, intriguée par son soudain intérêt.

— Est-ce que vous connaissez Nostradamus?

— Bien entendu! ai-je répondu.

— Un des textes de ce mage parle d'un code DM et je me demande s'il n'y aurait pas un lien entre les deux, a expliqué Fred.

Rafi et Charlotte cherchaient chacun de leur côté pour trouver des informations sur Internet, mais le signal n'entrait pas très bien. Après de longues minutes, Charlotte s'est écriée: «Je l'ai!»

*«Quand l'écriture DM trouvée et cave antique à la lampe découverte, Loy, Roy et Prince Ulpian éprouvée, pavillon Royne et Duc sous la couverte.»*

— Il doit y avoir une traduction, non? ai-je demandé en m'approchant de mon amie.

Charlotte a lu à haute voix:

— «Quand le code DM sera décodé, et un lieu souterrain très ancien découvert (où il pourrait y avoir une lampe), alors lois, rois et princes seront éprouvés et voudront se cacher.» C'est une tentative de traduction, bien entendu.

— Fred, tu crois qu'il pourrait s'agir du fameux code DM? a demandé Rafi.

— J'en sais rien, mais c'est quand même étrange.

Que voulait nous dire Nostradamus? Je me souvenais du Château de Gisors. N'avions-nous pas entendu alors que des lampes éternelles existaient? Des lumières qui attendaient qu'on ouvre la porte pour s'allumer. Elles étaient à base de mercure, si je me souvenais bien.

Est-ce que cette île cachait un trésor si important que Michel de Notre-Dame et Nicolas Poussin aient éprouvé le besoin d'en parler?

Quelques heures
plus tard

# Chapitre 18

Je regardais l'île au loin. Nous avions terminé notre repas et je mourais d'envie de retourner sur Oak Island. Cependant, la météo ne nous laissait pas de répit et la peur que j'avais eue de perdre Rafi était encore bien trop présente.

Nous y retournerions le lendemain et s'il y avait un tunnel, eh bien, je le trouverais. Du moins, c'est ce que j'ai pensé. Ce n'était pas le Jedi qui s'enflammait, c'était le Capitaine Savannah Quelque-chose qui était presque en train d'oublier qu'elle n'était pas l'aventurière que tout le monde semblait voir en elle. :p

Nous avons commencé à ranger ce que nous avions sorti. J'avais décidé d'aller au musée qui parlait notamment de l'île, mais aussi de la région. J'y trouverais peut-être des indices… et il y ferait plus chaud. Il y avait beaucoup de musées intéressants dans la région. Il faut dire que l'histoire était très présente et que les habitants de cette terre avaient vécu beaucoup d'événements. On passe de la ville très moderne d'Halifax à de magnifiques petits villages de pêcheurs en très peu de temps. J'aimais cet endroit et je ne regrettais pas d'être venue à la rencontre de ma famille, des Micmacs, et je voulais en savoir plus.

Nous nous apprêtions à partir quand une mouette est venue voler un reste de sandwich laissé sur le sol. Osiris a voulu défendre notre bien au péril de sa vie et s'est élancé comme s'il pouvait voler lui aussi. Il regardait dans les airs en aboyant de tout son cœur, faisant fuir l'oiseau. Mais il est entré de plein fouet dans les jambes de Charlotte qui marchait pour trouver un meilleur réseau pour son cellulaire. Elle n'avait pas du tout vu le chien foncer sur elle.

Elle a perdu pied. Alexandre a tendu le bras pour essayer de l'aider, mais elle a trébuché sur une bûche et son bras a heurté violemment la porte ouverte du véhicule. Charlotte est finalement tombée en criant de douleur. Son bras était en sang.

Rafi est vite intervenu pour l'aider. Il fallait l'amener à l'hôpital; c'était une fracture, selon lui. Il a trouvé un moyen d'immobiliser son bras pour que mon amie souffre le moins possible.

Je n'ai pu m'empêcher de regarder Osiris avec de gros yeux et de lui dire:

— Osiris, tu es une malédiction.

Mon ton était sec et le chien a baissé la tête et les oreilles. Il s'est assis et avait l'air de comprendre ce que je lui disais.

Alexandre a proposé d'amener Charlotte à l'hôpital et que nous allions au musée sans lui. J'ai accepté, mais très vite j'ai regretté : nous avons appris que des tours guidés étaient organisés pour visiter le site de recherche du trésor à Oak Island. Peut-être pourrions-nous nous faufiler dans un groupe de touristes ? Nous passerions inaperçus et je pourrais poser des questions.

À force de nous cacher, nous étions en train d'oublier la façon la plus simple d'aborder le problème.

La visite du musée s'est faite au pas de course. Non pas qu'il n'était pas intéressant, au contraire ! Je voulais absolument en apprendre plus sur les Acadiens et leur déportation. Mais l'état de santé de Charlotte me tracassait.

Je regrettais de les avoir laissés partir seuls. Était-ce l'accumulation de stress qui m'avait ramolli le cerveau ? Appelez-moi Capitaine Savannah, Cerveau-mou.

Je suis donc partie aux nouvelles avec Sogô et Rafi, pendant que les autres retournaient à l'hôtel et que Loup ramenait le chien chez nos cousins.

Mais toute une surprise nous attendait à l'entrée de l'hôpital. Il a même fallu que j'y regarde à deux fois tellement mes yeux refusaient de croire ce qu'ils voyaient.

# Chapitre 19

À l'entrée, Alexandre parlait avec un homme que nous avons immédiatement reconnu. Que faisait son père, monsieur Préfontaine, en Nouvelle-Écosse? o-Ô

Cet homme était partout et nous le croisions souvent dans nos recherches. Si Klaus, Monsieur Mystère, ne m'avait pas assuré que, selon lui, ce n'était pas un membre de la Pieuvre, j'aurais vraiment eu des doutes très sérieux.

Alexandre nous a vus et a marché vers nous.

— Charlotte va bien, a-t-il lancé. Les médecins font des radios, mais ils pensent qu'il s'agit d'une fracture simple. Ils vont lui faire un plâtre.

— Alex, qu'est-ce que ton père fait ici? ai-je murmuré.

— Il donne une conférence à Halifax demain. Il ne savait pas que j'étais ici. Nous ne l'avons compris qu'en nous parlant au téléphone plus tôt aujourd'hui.

— Tu ne trouves pas ça un peu étrange? ai-je demandé.

Sogô était déjà parti à la rencontre de monsieur Préfontaine, qui semblait heureux de le revoir.

— Savannah, tu sais que je me méfie de tout le monde. Mais il avait bien cette conférence qui est annoncée depuis plusieurs semaines.

Je voulais bien le croire, mais quelque chose en moi me disait que ce n'était pas dû au hasard. Nous avons marché vers la salle où devait attendre Charlotte.

Rafi s'est penché vers mon oreille et m'a soufflé :

— Je vais voir si son alibi tient la route. J'ai des doutes.

— Merci. Moi aussi… sérieusement.

Je me suis assise à côté de Charlotte qui attendait qu'on vienne la chercher pour son plâtre. Elle était pâle, mais les antidouleurs faisaient effet.

— Est-ce que ça va aller ? ai-je dit en prenant sa main libre. Je suis désolée. Quelle journée horrible !

— Ça va bien, Sav. Tu sais quoi ? Alexandre n'a jamais porté autant attention à moi qu'aujourd'hui. Alors, au contraire, je trouve que c'est une belle journée.

— Mais, Charlotte, ton bras… Tu ne dois pas prendre ça à la légère !

— Bien sûr que non. En plus, c'est très douloureux... Mais Alex a été vraiment gentil. Plein d'attentions et... Oh, tu ne peux pas comprendre.

— Oui, ouiii, je sais très bien de quoi tu parles. Alors, si tout va bien, veux-tu qu'on te laisse seule ? Nous pourrions demander à Alexandre de rester ?

— Si ça ne te dérange pas. Tu es vraiment une amie. Je sais que tu t'inquiètes pour moi, mais c'est peut-être ma seule chance de me rapprocher de lui.

— J'ai compris, ne t'en fais pas. On est de trop, ai-je lancé en riant. Mais fais attention à toi et écoute bien ce que le docteur va te dire, promis ?

— Promis.

Je ne l'aurais jamais laissée si je n'avais pas été convaincue qu'elle était entre bonnes mains. Alexandre saurait s'occuper de mon amie jusqu'à son retour à l'hôtel. Je lui faisais confiance.

J'ai fait de grands signes à Rafi pour qu'il comprenne, mais il discutait avec Sogô et ne semblait pas saisir ce que je tentais de lui dire.

— Nous partons. Vérifions seulement qu'Alexandre peut rester avec elle. Nous allons rentrer et tenter de rassembler les pièces du puzzle, encore une fois.

— Je vous suis, a ajouté Sogô.

Alexandre a confirmé qu'il pouvait rester le temps qu'il faudrait.

Une fois dans la voiture, nous avons pu reprendre notre discussion au sujet du père d'Alex. Était-il à Halifax par hasard ou bien avait-il arrangé son coup sans en avoir l'air?

Je ne doutais pas une seconde d'Alex et je savais qu'il n'était pour rien dans la visite de son père. Mais je me méfiais de monsieur Préfontaine depuis très longtemps.

— J'ai appelé les responsables de la conférence, nous a appris Rafi. C'est vrai qu'elle était annoncée depuis des semaines. Cependant, ils n'ont pas été en mesure de me dire quand monsieur Préfontaine a confirmé sa présence.

— C'est pourtant là le nœud de l'histoire, a continué Sogô. S'il a confirmé il y a deux mois, c'est une chose; s'il a annoncé sa venue il y a une semaine, c'est un tout autre portrait.

— Comment savoir? ai-je demandé.

— Je ne vois qu'un moyen, et encore, c'est une idée, rien ne nous dit qu'elle va fonctionner, a proposé Rafi.

— Dis-la-nous pour voir, l'ai-je encouragé.

— Faire appel à la filière de tes cousins. Ils semblent soudés et très solidaires. Si un des leurs travaille à cette conférence, il pourra peut-être trouver la réponse pour nous.

— Essayons, ai-je proposé, nous verrons bien!

Il était capital de trouver la réponse, car si monsieur Préfontaine n'était pas attendu à cette conférence, c'était parce qu'il faisait partie de la Pieuvre et qu'il avait commandité mon enlèvement.

# Chapitre 20

Nous sommes enfin arrivés chez mon cousin Jimmy. J'avais hâte de me changer et de me reposer. J'avais les bras endoloris et chaque mouvement me faisait très mal. Je ne pouvais même pas prendre un objet dans mes mains, elles se mettaient à trembler.

Un simple geste me rappelait immédiatement que j'avais failli perdre mon amoureux. Je me demandais vraiment si ma quête valait tous ces risques. C'était pourtant mon choix et ma décision. Je désirais me rendre au bout de cette aventure, puisqu'elle semblait m'être dévolue.

Parfois, le prix que nous risquions de payer me semblait exagéré, mais nous avions eu de la chance jusqu'à maintenant.

Je regardais mes mains trembler pendant que Rafi expliquait qui était monsieur Préfontaine à Jimmy et à ses fils.

Tandis que j'évaluais encore jusqu'où je souhaitais aller, ils avaient déjà trouvé une parente qui travaillait à l'université et qui pourrait certainement les aider.

Rafi est venu vers moi et m'a saisi les deux mains.

— Le peureux a peur avant, le brave a peur pendant et le courageux a peur après. Je ne sais plus où j'ai lu cette citation. Mais tu es courageuse, Savannah. Tes mains tremblent après, maintenant que tout est terminé.

— Ha! ha! ha! les belles paroles! ai-je répondu en riant franchement. J'ai tremblé avant, pendant et après. Comment on appelle ces gens-là?

— De braves courageux un peu peureux, a-t-répondu en riant aussi.

— Voilà. Et toi, tu n'as mal nulle part?

— Honnêtement? J'ai tellement mal aux bras et aux épaules que chaque fois que je bouge, j'ai peur qu'ils tombent.

Je me suis esclaffée. L'émotion sortait en rires et je me sentais déjà un peu plus légère. La tension avait été particulièrement intense aujourd'hui.

Nous pouvions nous reposer un peu en attendant des nouvelles de la femme du village, du père d'Alex, du chauffeur toujours détenu par la police et de Charlotte.

Nous nous sommes étendus. Nous voulions continuer à parler et à rire, mais le sommeil m'a gagnée rapidement. Il faut dire que nous nous étions levés très tôt ce matin-là.

Je n'ai pas eu à demander de rêver à la gitane. Mes dernières demandes répétées s'étaient sans doute rendues, car je l'ai vue, comme si elle était devant moi. @-@

Elle se tenait sous le pin parasol, devant sa petite roulotte toute ronde. Elle était assise à une table sur laquelle un paquet de cartes de tarot était ouvert. Elle me faisait signe d'approcher. Je me suis assise sur un petit banc en face d'elle.

— Je voudrais me rappeler ce que vous m'avez dit la dernière fois.

— Alors, tire les cartes, je vais t'aider.

— Vous m'aviez parlé de la lune et du ciel qui devenait rouge.

J'ai retourné des cartes. Il y avait la lune, le soleil, le monde.

— C'était il y a très longtemps, m'a-t-elle dit. Ce que tu cherches a été dissimulé aux hommes depuis des siècles, a-t-elle ajouté d'une voix douce et mielleuse, mais le moment où il a été volé est encore plus lointain.

— C'est un objet volé ? ai-je demandé.

— Écoute bien ce que je vais te dire, répondit-elle en parlant lentement. L'objet a été créé dans les méandres du temps passé, lors de la lune rouge, quand la planète d'enfer a croisé notre route. Ils ont fabriqué la clé pour qu'elle puisse conduire à la source. Cette dernière ramène les siens auprès d'elle et elle ne peut être conquise que par ceux qui ont été choisis.

Elle a pris son temps avant de continuer, comme si elle voulait s'assurer que j'avais bien enregistré ce qu'elle venait de dire.

— Une zingara était là, a-t-elle poursuivi, et n'a pu le protéger. Ils ont repris le trésor et l'ont porté là où il est. Une autre viendra le mettre au jour pour le montrer à tous. Il dort encore, depuis ce moment où la nuit s'est changée en jour. Cette fois, tu vas te souvenir?

— Oui... Il y a une éclipse de soleil. Une planète ou une comète est passée et a rendu le ciel rouge. Une gitane a tout vu et n'a rien pu faire, ai-je résumé.

— Si tu trouves d'où viennent les arbres, alors tu sauras d'où vient ton trésor.

— Les arbres? Comment ouvrir le cryptex? Aidez-moi!

— Tu le sais déjà, fais-toi confiance, a-t-elle dit en souriant.

D'un seul coup, le rêve a pris fin. Je me suis réveillée et je suis immédiatement allée transcrire mon rêve pour ne pas risquer de l'oublier.

Je savais déjà comment ouvrir le cryptex? Je n'étais pas certaine qu'elle ait raison. Et les arbres? De quoi parlait-elle? Je me souvenais des oliviers qui l'entouraient, elle, mais je ne pensais pas qu'elle parlait de ceux-là.

Je suis sortie de la chambre sans faire de bruit. Rafi dormait profondément et je voulais qu'il puisse se reposer un peu.

Autour de la table, mon frère parlait avec nos cousins. Lui aussi était heureux de se découvrir une grande famille. Ses cheveux longs noirs attachés à la nuque, ses yeux foncés et sa peau légèrement mate ne laissaient aucun doute : il était bien de la même famille que ces jeunes hommes attablés avec lui.

Je me suis approchée du groupe et on m'a offert une bière que j'ai refusée. Je suis plutôt allée me servir un verre d'eau.

— Si je vous dis le mot « arbre », vous pensez à quoi ?

— Euh, tu peux être plus précise, Sav ? a demandé mon frère.

— Je viens de rêver qu'on me disait que, si je trouvais d'où venaient les arbres, je saurais à partir de quel endroit a été embarqué mon trésor.

Ils se sont regardés en silence, réfléchissant à un arbre en particulier ou à une signification plus précise.

— Ben..., a commencé Fred en hésitant.

— Oui ? Tu as une idée ?

— Je ne sais pas trop, mais Oak Island, ça veut dire l'île aux chênes. Ce sont des arbres, non?

— Oui, en effet.

— J'ai pas vraiment vu de chênes, il me semble, a ajouté Loup.

— Il y en a partout dans la région. Mais ceux de l'île sont spéciaux, a ajouté Sam.

— C'est vrai, a confirmé Fred.

— Pourquoi? ai-je demandé.

— Parce que ceux qui sont sur l'île, eh bien, ils ne ressemblent pas aux autres chênes.

Ils m'ont expliqué que des chênes d'une espèce inconnue bordaient une des plages. J'ai voulu comprendre et nous avons vérifié sur Internet. Les chênes dans la région étaient plutôt bas et ronds. C'étaient des arbres trapus, comme celui-ci.

Alors que sur l'île, les chênes étaient de cette espèce :

— Je ne sais pas si ce sont les arbres que tu cherches, a ajouté Fred, mais plusieurs personnes se demandent s'ils viennent d'ici. Les tiens montent encore plus haut. Ils me font penser aux arbres qu'on retrouve dans la brousse africaine.

Il fut difficile de dégoter une image de ces chênes. Rafi a enfin trouvé une très vieille photo de la plage de l'île. On y voyait clairement les grands chênes qui dépassaient.

Il n'y avait plus beaucoup d'images de ces grands arbres. Mais devant cette photo, je n'ai pu que me demander si la solution n'était pas tout simplement là, comme me l'avait souligné la gitane.

Nous allions devoir repartir en quête de renseignements. Mais plus nous approchions de notre but, plus je sentais les tentacules de la Pieuvre se refermer sur moi.

# Chapitre 21

Pendant que Rafi dormait encore, j'en ai profité pour surfer sur Internet avec sa tablette. Je cherchais des éléments qui pouvaient être associés à «zingara», «éclipse de lune», «ciel rouge», «passage d'une comète»... Oh là là!! :p

Rien, mais vraiment rien ne me menait où que ce soit. J'étais encore plus perdue qu'avant. Je pataugeais dans la fibre de noix de coco, comme celle qui était étendue sur cette fameuse plage artificielle.

Appelez-moi Capitaine Savannah Piña Colada!

Rafi s'est enfin réveillé et, après s'être étiré, il m'a fait une proposition que je ne pouvais pas refuser.

— Si on allait rejoindre les autres? On va leur donner tous les éléments que tu as et se changer un peu les idées. De toute façon, on ne peut pas faire grand-chose tant qu'on n'a pas les réponses à nos questions.

— Oui, bonne idée.

Aller voir mes amis. Les laisser réfléchir à ma place. Oh, je sais que cela peut sembler égoïste, mais j'avais besoin d'idées nouvelles. Nous manquions de temps et, dans ces moments-là, il vaut mieux se mettre à plusieurs pour jongler avec tous les éléments dont nous disposons.

Nous nous sommes dirigés vers l'hôtel où le groupe s'était installé. Ils logeaient au centre-ville, en plein cœur des rues piétonnes par lesquelles ils pouvaient visiter la ville magnifique. C'était tellement différent du petit village où vivaient mes cousins que j'eus presque un choc.

L'entrée de l'établissement était vaste et j'ai immédiatement cessé de m'en faire pour mes amis. Sogô les traitait aux petits oignons.

Rafi et moi sommes montés jusqu'à la chambre de Sogô qu'il avait laissée à Charlotte à son retour de l'hôpital. Elle était allongée sur l'immense lit, son bras et son dos posés sur des piles d'oreillers.

C'était une petite suite avec un grand divan, des fauteuils et un coin repas. Tous sont venus nous rejoindre dès qu'ils ont appris que nous étions là.

Loup et Mathilde émergeaient d'une sieste. Camille et Jobs sont arrivés aussi. Alexandre était aux petits soins avec Charlotte. Sogô sortait ses bagages pour aller prendre la chambre de mon amie et des gardiens de sécurité encadraient la porte.

Nous parlions de mon rêve, de ce que nous avions vécu sur l'île et, tout à coup, en regardant autour de moi, quelque chose m'a sauté aux yeux.

— Sogô, où est Marje? ai-je demandé, un peu troublée.

Sogô et la sécurité n'ont fait ni une ni deux et sont partis vers sa chambre. Mon estomac faisait de drôles de mouvements. L'inquiétude m'a immédiatement donné la nausée.

Ils sont revenus sans Marje. Elle avait disparu. Si elle était sortie, c'était sans nous prévenir et pourtant, elle se savait en danger, même dans cet endroit. Elle était au courant de la présence de la Pieuvre dans le coin, puisqu'on l'avait informée de mon enlèvement. Pourquoi être sortie sans nous le dire?

Nous étions convaincus que la jeune femme, naïve, avait été enrôlée par la Pieuvre contre sa volonté. Et si nous nous étions trompés?

Le téléphone a sonné et nous a tous fait sursauter. L'appel était pour Sogô; c'était la réceptionniste de l'hôtel. Il lui a parlé deux petites minutes et a raccroché.

— Ils ont vérifié les caméras de surveillance. Marje est sortie il y a 47 minutes. Le jeune portier dit qu'il l'a croisée et qu'elle a demandé un taxi.

Rafi a fait signe qu'il avait une idée. Il a pris le cellulaire qui traînait sur le lit et a appelé nos cousins.

Il leur a demandé d'aller vérifier autour de la vieille maison, celle où Osiris avait trouvé mon collier. Ils devaient nous prévenir s'ils voyaient une jeune femme y entrer.

De son côté, Sogô a contacté ses hommes affectés à suivre les gens de la Pieuvre qui traînaient encore en ville. Tout le monde était informé : s'ils voyaient une jeune femme répondant à la description de Marje, ils devaient nous contacter immédiatement.

— De quelle femme s'agit-il ? Osiris appartient à quelqu'un ? a demandé Camille.

— Non, l'autre jour notre chien est entré dans le sous-sol d'une maison du port de Lunenburg. Il est ressorti avec mon collier, lui ai-je raconté. Nous savons que la maison a été louée pour dix jours seulement par une femme qui prétend faire des conférences.

Un texto est entré sur la tablette de Rafi. Il a lu son message pendant que je terminais de raconter l'aventure d'Osiris. Il m'a tendu l'objet pour que je puisse lire ce qui était écrit :

« Préfontaine a confirmé sa présence à la conférence il y a trois jours. »

J'ai fait signe à Rafi que j'avais bien compris. Je ne voulais pas affoler Alexandre. Je savais qu'il ne faisait pas totalement confiance à son père. Mais nous avions décidément de bonnes raisons de nous méfier de lui également.

Il nous avait volé notre découverte dans la grotte des Pyrénées et s'était même approprié le lieu de recherche, sans jamais dire que nous l'avions trouvé en premier.

Ensuite, il était toujours partout, sur nos traces, et Monsieur Mystère m'avait affirmé qu'il lui avait ordonné de surveiller son fils.

Il m'avait aussi usurpé la découverte du chiffre «5» dans le tableau de Léonard de Vinci. Je lui en voulais encore. En plus, il était venu à Rennes-le-Château pour convaincre son fils de rentrer avec lui.

Non, vraiment, cet homme nous cachait des choses depuis trop longtemps.

— Si tu trouves son nom, je peux vérifier, m'a proposé Jobs. Si elle prétend donner des conférences, elle doit s'annoncer sur Internet.

— Bonne idée!

J'étais encore un peu troublée par ce que je venais de lire. Je ne me souvenais plus très bien du nom de la femme. Rafi a ouvert un dossier et l'a rapidement trouvé.

— Mickaela Watercress, a-t-il lu.

— Qui? a demandé Alexandre un peu trop fort.

— Mickaela Watercress, ai-je répété pour lui.

— C'est impossible, où avez-vous déniché ce nom? C'est vraiment trop absurde. Il faut que ce soit une erreur!

— Il y a un problème? a demandé Rafi. C'est le nom de la personne qui a loué cette vieille maison.

— Mais c'est le nom d'auteure de ma mère! s'est exclamé Alex.

— Quoi? ai-je presque craché de surprise.

— Quand elle signe des romans historiques et qu'elle ne veut pas qu'on fasse de lien avec sa véritable identité, et surtout que les gens de son milieu scientifique ne sachent pas qu'elle écrit ce genre de romans, elle utilise ce nom. C'est forcément une erreur.

— Nous allons revérifier tout ça, a lancé Sogô, un peu perturbé lui aussi.

Il y avait un étrange silence dans la suite. Nous étions tous conscients de ce que cette découverte pouvait représenter pour notre ami Alexandre.

# Chapitre 22

Après quelques minutes de réflexion, nous avons déposé sur le lit de Charlotte tous nos documents. Tout ce que nous savions, tout ce que nous avions découvert et tout ce que nous imaginions s'y trouvait.

Nous n'avons rien caché à Alexandre, qui était blême et semblait très nerveux. Nous l'aurions été nous aussi, si nous avions imaginé que nos propres parents pouvaient être membres d'un groupe de terribles voleurs de trésors. Je n'osais pas penser au mot « criminel », mais il était bien évident que, si ses parents travaillaient avec la Pieuvre, ils trempaient dans des actions illégales.

Nous avons avoué à Alexandre que son père n'avait confirmé sa présence à la conférence que trois jours plus tôt et non pas depuis des semaines, comme il le prétendait.

Il s'est levé pour se servir un verre d'eau.

— Je n'ai plus de salive. Je refuse de croire que, depuis le début, ce sont mes parents qui nous causent tous ces ennuis.

— Ils n'ont peut-être pas eu le choix, a dit Charlotte doucement. C'est vrai, on ne connaît pas leurs raisons.

— Ils connaissent très bien la Pieuvre et s'ils sont ici, c'est pour nous empêcher d'aller plus loin, ou pour mettre la main sur la découverte de Savannah ! a crié Alex qui s'emportait tout à coup.

Loup s'est approché d'Alex et lui a donné une tape dans le dos comme pour le rassurer.

— Arrêtez avec vos visages apitoyés ! Ce n'est pas en me consolant qu'on va avancer !

— Prends le temps de réfléchir. Il s'agit de tes parents. Tout le monde ici comprend très bien ce que tu dois ressentir, est intervenu délicatement Sogô. Si tu as envie d'aller dans ta chambre ou de tout arrêter, tu le peux, personne ne te le reprochera.

— Il n'est pas question que j'arrête ! Depuis le début, je suis avec vous. Si mes parents ont choisi le mauvais camp, je n'ai pas à les défendre.

Nous avons tenté de nous souvenir de tous les événements. À la demande de Sogô, nous avons tout repris depuis le début : notre première rencontre, à Alexandre et moi ; son dossier sur le trésor des Templiers qu'il m'avait montré dans sa chambre...

Alex nous a raconté que ses parents tenaient absolument à ce qu'il se rapproche de moi et devienne mon ami. J'ai appris qu'il venait de sortir d'une histoire d'amour compliquée avec une femme plus âgée. Sa mère insistait pour qu'il s'occupe de moi à Paris, afin qu'il fréquente enfin quelqu'un de son âge.

Il ne m'avait jamais parlé de cet amour. Il était toujours resté discret sur son passé et j'avais accepté de ne pas poser de questions.

— Ma mère a insisté pour que je fasse découvrir le moyen âge à Savannah, sous prétexte que cela pourrait l'intéresser. Je me souviens, elle a ajouté : «Dommage que tu ne puisses pas lui montrer le codex qui est toujours dans le bureau de ton père!» Puis elle a éclaté de rire et a ajouté : «Il serait si simple d'entrer dans son bureau et d'en faire une photocopie… un jeu d'enfant!»

C'était donc elle qui avait initié le projet. Elle avait tenté Alexandre et avait même ajouté que son père laissait toujours ses clés de bureau sur la table de l'entrée.

Ensuite, Alexandre nous a expliqué que ses parents n'avaient pas la même opinion de sa relation avec moi. Sa mère semblait très heureuse de voir que je m'intéressais à son fils et l'encourageait à me voir le plus souvent possible. De son côté, son père tentait tout le temps de l'éloigner de moi et insistait beaucoup pour qu'il arrête de me suivre.

J'ai décidé de me lever et d'aller le prendre dans mes bras.

— Alex, je sais que je peux compter sur toi. On va trouver la vérité. Il y a des morceaux de l'histoire qui nous manquent encore.

— Donne-moi l'adresse de cette maison, Savannah, s'il te plaît, m'a demandé Alex. Je vais m'y rendre et j'aurai des réponses rapidement.

Le téléphone dans la chambre a de nouveau sonné.

Sogô a répondu et a affiché un air très grave. Il a raccroché et nous a regardés quelques secondes en silence.

— Marje a reçu un appel à sa chambre quelques minutes avant de sortir.

— Je peux trouver de qui il venait! a lancé Jobs.

— L'appel a été fait à partir d'un cellulaire appartenant à Micheline Préfontaine, la mère d'Alexandre.

— Donc, a continué Rafi, soit elles sont de mèche toutes les deux, soit Marje s'est fait emberlificoter.

— Mais on n'aura pas le choix, il faudra aller sur place, ai-je annoncé.

— Non, j'y vais seul, a lancé Alex d'un ton sans réplique.

Nous venions de découvrir qui étaient nos ennemis et pourquoi ils frappaient chaque fois si près. Ils étaient toujours bien informés, car ils n'avaient qu'à suivre leur propre fils.

# Chapitre 23

Nous avons laissé Alexandre partir en compagnie de Loup, qui lui avait promis de rester à l'extérieur, à moins qu'il ne lui demande de l'aide.

Nous leur avons fait jurer de ne rien faire d'imprudent.

Après leur départ, Sogô a demandé à des gens de la sécurité de les suivre discrètement. Il voulait prendre des mesures spéciales pour assurer leur sécurité.

J'ai voulu prendre la défense d'Alex. Il avait exigé d'y aller seul, ne devions-nous pas respecter sa demande ? Mais Sogô m'a répondu qu'il ne pouvait pas prendre le risque que Loup soit seul si un problème survenait. J'ai soupiré, car il n'avait pas tort.

En plus, nous devions retrouver Marje. Je le savais depuis le départ que cette grenouille à trop grande bouche allait nous causer des ennuis. En plus, elle se croyait trop intelligente, comme dans la fable de la grenouille qui voulait se faire aussi grosse que le bœuf et qui a finalement explosé.

J'avais l'impression que tout se défaisait sous mes pas. Le soir était arrivé, j'étais fatiguée et affamée.

Sogô avait commandé un repas pour nous tous à la chambre. Les mets venaient d'arriver et nous nous sommes installés. Certains sur le divan, d'autres sur les chaises et, une fois que nous avons tous été servis, Sogô a émis ses hypothèses concernant les arbres.

— Selon moi, il y a deux raisons pour justifier la présence de ces arbres assez atypiques dans la région.

— Je vous écoute, ai-je dit tout en avalant goulûment ma délicieuse soupe de homard.

— Première raison : ils seraient extrêmement anciens et dateraient d'une époque où la température de la région aurait été beaucoup plus clémente. On connaît des chênes qui ont plus de mille ans. Ils seraient de type subtropical.

— Mais il y aurait des traces de palmiers, non ? a demandé Camille.

— M'as-tu dit que la plage était fabriquée avec des fibres de noix de coco, Savannah ? m'a demandé le vieil homme.

— Oui, et il y avait même un étage du puits qui était fabriqué avec cette fibre.

— Les palmiers ou cocotiers, peu importe, n'auraient pas pu résister au changement de température, alors que certains chênes, oui, a ajouté Sogô. La fibre ne serait que des restes de cocotiers n'ayant pas survécu.

— Ça me semble très logique, a lancé Loup.

— Et la deuxième hypothèse? a demandé Rafi en nous servant nos assiettes de *fish and chips*.

— Des pirates venant des Caraïbes auraient apporté ces arbres pour une raison que j'ignore pour l'instant, mais ils auraient pu tout simplement les planter pour pouvoir les repérer de très loin, a expliqué Sogô. Imaginons qu'ils enterrent un trésor et souhaitent le retrouver facilement et rapidement. Alors, ils plantent des arbres qui dépasseront les autres sur la plage et qui se distingueront complètement dans l'environnement. Méthode simple et très efficace. En fait, c'est même brillant.

— Nous sommes loin des Templiers, ai-je observé, un peu déçue.

— Rien n'empêche qu'ils soient venus aussi. Ils ont pu essayer de trouver ce trésor, après en avoir entendu parler. À moins qu'ils aient utilisé l'île pour autre chose. Selon certains, des formes sacrées sont présentes sur l'île… Ce lieu a peut-être servi de repaire pour les francs-maçons. Une île pour tenir leurs assemblées en toute discrétion… Pourquoi pas?

— Il y a effectivement des indices et, surtout, nous savons que Sinclair était considéré comme un franc-maçon, mais qu'il ait été Templier n'a pas été formellement prouvé, a jouté Rafi,

— *Et in Arcadia ego* pourrait vouloir dire tout simplement : «Nous sommes déjà en Acadie», a proposé Mathilde.

— Si c'est le cas, nous devrions avoir quelque part l'histoire de gens venus s'installer dans cette région avant la colonisation, ai-je ajouté, décidée à développer cette idée.

Il commençait à être tard et je ne savais plus quoi faire. Attendre ici que Marje et Alexandre reviennent, ou retourner chez mes cousins pour leur poser quelques questions qui m'étaient venues à l'esprit?

J'ai pris la bonne décision, mais je ne le saurais que plus tard.

# Chapitre 24

À notre retour en fin de soirée à la maison de Jimmy, la famille nous attendait en jouant aux cartes. Ils pariaient des cennes noirs qui ne sont plus en circulation au Canada. Une façon de jouer à l'argent sans que ce soit sérieux, étant donné que ces sous n'ont plus aucune valeur.

Ils nous ont reçus à bras ouverts, comme si nous étions partis depuis plusieurs jours. J'aimais ces gens chaleureux et de si agréable compagnie.

— Est-ce que vous êtes tous ainsi ? ai-je demandé.

— Comment... ainsi ?

Jimmy ne semblait pas comprendre de quoi je parlais.

— Votre façon de recevoir les gens, d'être toujours d'humeur joyeuse.

— Tous les Micmacs sont ainsi, je crois, a répondu Sam.

— Oui, a continué Jimmy, même que les Français, quand le roi Henri IV les a autorisés à venir s'installer dans la région, en parlent dans leurs documents. Ils se sont sentis accueillis chaleureusement par notre communauté. Il y a eu un lien de confiance immédiat.

— C'était en quelle année? ai-je demandé.

— Au début des années 1600. Ils se sont installés en respectant notre façon de vivre. Nous leur avons appris nos techniques de chasse et de pêche. La vie se passait bien ici, jusqu'à ce que les Anglais s'en mêlent.

— Explique-nous ce qui s'est passé. Les Acadiens, c'est comme ça qu'ils s'appelaient?

— Oui, au début, c'était Arcadie, et puis c'est devenu l'Acadie, a dit Fred.

— La France a cédé une partie de son territoire aux Britanniques en 1754, a poursuivi Jimmy. Les Français de Nouvelle-Écosse avaient choisi de rester neutres, ne prenant position ni pour la France ni pour l'Angleterre dans le conflit qui opposait les deux pays. Mais un jour, le gouverneur britannique a exigé qu'ils prêtent serment d'allégeance au roi d'Angleterre. Bien entendu, ils ont refusé. Ils ne pouvaient imaginer faire la guerre aux autres Français du continent et encore moins perdre leur religion catholique.

— C'est pour cette raison qu'ils ont été chassés? ai-je demandé vivement.

— Ils ont été victimes d'un véritable nettoyage ethnique, a poursuivi Jimmy, très ému. Les Anglais leur ont tout pris : leurs terres, leurs maisons, leur bétail, leurs meubles, tout. Ils les ont rassemblés et embarqués dans des bateaux. Mais, selon les ordres reçus, ils devaient absolument séparer les familles. Les maris d'un côté, les femmes d'un autre et les enfants aussi. Des scènes déchirantes de désespoir ont eu lieu. On arrachait les enfants des bras de leur mère, on séparait les familles sans leur révéler la destination du bateau.

— Mais pourquoi ? ai je lancé, très émue à mon tour.

— Pour qu'ils ne se regroupent pas, qu'ils ne puissent pas se révolter. Pour les humilier aussi, a continué la femme de Jimmy, Dorothy. Les Anglais voulaient s'approprier leurs biens et les fermes qu'ils avaient construites. Elles avaient défriché, planté, bêché, bûché depuis plus de cent ans, ces familles. Du jour au lendemain, elles devaient tout abandonner. Il y a un très beau poème écrit en 1847 par Henry Longfellow qui raconte ce que ces gens ont vécu. C'est *Évangéline*. Il y a aussi une chanson.

— C'est terriblement injuste, ai-je ajouté en prenant la main de Rafi et en pensant : « Que ferais-je si on me séparait de lui et de ma famille ? »

— Les Britanniques ont pris possession des terres et des fermes déjà très productives après avoir mis de force les trois quarts de la population à bord de bateaux. Ils ont dispersé tous ces gens dans les différentes colonies anglaises. Les plus chanceux sont allés en Louisiane où les Espagnols les ont reçus à bras ouverts.

« Au Maryland aussi. Une communauté catholique était déjà présente et a accueilli ces nouveaux arrivants généreusement. Mais d'autres ont eu beaucoup moins de chance. Dans la plupart des lieux où les bateaux sont arrivés, les expatriés ont subi un mauvais sort.

« Plusieurs ont mis les enfants en adoption, s'assurant ainsi qu'ils seraient assimilés. Les Acadiens envoyés en Géorgie sont devenus des esclaves au même titre que les Noirs.

« En Pennsylvanie, on les a laissés dans les bateaux, avec interdiction d'en descendre. Après quelques mois, les survivants ont été vendus comme aides dans les champs. Des bateaux ont coulé, d'autres ont accosté aux Îles-de-la-Madeleine où les déportés ont réussi à se refaire une vie, surtout grâce à la pêche. »

— Et la France ne disait rien? L'Angleterre non plus? a demandé Rafi.

— Certains bateaux sont allés directement en Angleterre, a poursuivi Jimmy, mais ils ont été plus ou moins bien reçus selon les endroits où ils ont accosté. Ceux qui ont été considérés comme des prisonniers de guerre ont pu rejoindre la France après la signature d'un nouveau traité. Il y a, tout le long de ces côtes, des drames dont tous se souviennent. Tant de larmes, de cris, d'appels au secours.

— Est-ce que la Nouvelle-France a pu faire quelque chose? ai-je demandé, ne me souvenant plus très bien de mes cours d'histoire.

— Ce qui allait bientôt devenir le Bas-Canada a accueilli plusieurs familles qui ont réussi à rejoindre le Nord. Mais la révolution américaine se préparait. Les Britanniques étaient inquiets et beaucoup des leurs ont décidé de passer au Canada pour fuir les armées de Washington et pour s'installer ici. Ils voulaient garder leur allégeance au roi d'Angleterre et pour y arriver, ils ont traversé en très grand nombre pour rejoindre ce côté-ci de la frontière.

Pendant quelques minutes, en l'écoutant, j'avais vécu les souffrances de tous ces gens installés sur ces terres depuis assez longtemps pour qu'ils s'y sentent chez eux, et qui, du jour au lendemain, avaient tout perdu aux mains d'un ennemi implacable.

J'imaginais des visages heureux, des enfants jouant dans les blés, des mamans berçant leurs nouveau-nés et qui, tout à coup, s'étaient retrouvés propulsés en plein cauchemar.

— Merci, Jimmy... Je suis contente de connaître cette histoire, même si elle est terriblement triste.

— Tu sais, Savannah, c'est la même chose pour la plupart des guerres, même de nos jours, a commencé Dorothy. Leur but était d'assimiler les Français ou de les forcer à retourner chez eux. Ils n'ont pas réussi complètement. On en trouve toujours en Louisiane et un peu partout au Canada, surtout au Québec.

— Des Acadiens aussi. Ils n'ont pas gagné, a ajouté Jimmy d'un ton moqueur.

— Et vous, les Micmacs, vous n'avez pas eu la vie facile non plus? a demandé Rafi.

— On se bat toujours, a répondu Sam. Nous aussi, on a tenu le coup fièrement.

Après quelques minutes passées à regarder les cartes sur la table, j'ai posé une autre question.

— Je me demandais... Avez-vous entendu parler de Blancs qui seraient venus avant, il y a long-temps, avant celui qui s'est arrêté sur Oak Island?

Ils se sont regardés tous les cinq. Alors, Jack a parlé pour la première fois. C'était un jeune homme très discret.

— Il y a le Royaume, a-t-il dit.

— Le Royaume? a demandé Rafi.

— Le grand chef Donnacona a bien dit à Jacques Cartier que, quelque part à l'intérieur des terres, il y avait le Royaume des hommes blancs, nous a expliqué Jack. Un endroit où ils s'étaient installés et vivaient ensemble. Le chef a ajouté qu'ils étaient vêtus comme ceux de l'équipe de Cartier et qu'ils parlaient la même langue.

Donnacona et Jacques Cartier? Une nouvelle recherche s'ouvrait à moi.

# Chapitre 25

Nous nous sommes couchés sans avoir eu aucune nouvelle de Marje ni d'Alexandre. Je devais être vraiment à bout de forces pour ne pas avoir insisté pour rester et surveiller les recherches.

Nous avons parcouru un site au sujet de la rencontre entre Jacques Cartier et Donnacona et, effectivement, c'était clairement inscrit dans les documents de Cartier : il voulait partir à la recherche de ces hommes blancs et de ce fameux royaume que personne n'avait pu identifier.

Je me suis endormie ainsi, penchée sur l'épaule de mon amoureux, au-dessus de sa tablette.

Mes rêves m'ont conduite sur le rivage d'un village où des gens tristes faisaient la file pour être embarqués sur des bateaux. Les enfants appelaient leurs mères et les soldats les poussaient à coups de baïonnette.

Ensuite, j'étais un pirate habillé dans mon costume de l'autre jour. J'affrontais les mers et je libérais les bateaux chargés d'Acadiens dont j'assurais la sécurité.

Étrangement, ce rêve m'a menée auprès de la gitane de Camargue. Elle me montrait une éclipse de lune et, ensuite, les pyramides d'Égypte.

Aussitôt, les visages de mes cousins me sont apparus. Jack me racontait à nouveau l'histoire du Royaume, mais j'ai remarqué le regard de Jimmy qui semblait contrarié. Fred faisait un léger signe de la tête pour inciter Jack à se taire.

Je me suis réveillée en sursaut, convaincue qu'on m'avait caché des informations. J'ai réveillé Rafi en le secouant.

— Rafi, ils savent quelque chose et ils ne nous l'ont pas dit.

— Quoi? De quoi tu parles, Sav? a-t-il marmonné, à moitié endormi.

— Mes cousins… Ils n'ont pas tout dit. Demain matin, il faudra les interroger plus sérieusement.

— Demain… OK?…

Il s'est tourné de l'autre côté pour se rendormir.

J'ai vu l'écran de sa tablette qui s'allumait, comme si un message était entré. Je me suis levée pour vérifier.

« Tout va bien, Marje a été retrouvée et Alexandre est avec moi. On vous voit demain matin. Sogô. »

Au moins, je n'avais plus à m'inquiéter pour eux. Cependant, poussée par ma curiosité légendaire, j'avais vraiment trop hâte de savoir ce qui s'était passé. Je m'en faisais pour Alexandre, lui qui était toujours si gentil et qui avait pris des risques pour moi. Découvrir que ses parents l'avaient trompé, ce devait être tellement horrible comme sentiment.

# Le lendemain

# Chapitre 26

Je me suis levée tard. Il faut dire que la journée de la veille avait été particulièrement épuisante et, en plus, je m'étais levée au milieu de la nuit.

Le soleil était haut dans la fenêtre et j'entendais murmurer dans la grande pièce. On essayait de ne pas me réveiller. J'étais seule dans le lit, Rafi était déjà debout.

J'étais impatiente de savoir ce qui s'était passé la veille, alors je me suis assurée que mon pyjama était bien boutonné et je suis sortie pour prendre les nouvelles.

Quelle ne fut pas ma surprise de trouver, autour de la table, Alexandre, Sogô, Rafi, Loup... et monsieur Préfontaine en personne !

J'ai dû avoir un mouvement de recul, car Sogô m'a tout de suite rassurée d'un geste et m'a m'invitée à les rejoindre.

— Bonjour, ai-je réussi à dire, encore abasourdie.

— Nous allons tout t'expliquer, Savannah, a commencé Sogô, pendant que Rafi me servait un grand bol de café au lait.

— Tout va bien? ai-je demandé, pour me rassurer.

— Oui, tout va très bien, m'a confirmé Rafi.

— Voilà… Qui veut lui expliquer? a demandé Sogô.

— Moi, a répondu monsieur Préfontaine. Je suis le mieux placé pour lui raconter toute l'histoire. Voilà, Savannah, j'ai des doutes depuis très longtemps au sujet de ma femme, Micheline. Je ne pouvais l'accuser de quoi que ce soit tant que je n'avais pas de preuves solides. Lorsque j'ai su que notre fils était parti avec une copie du codex, je ne savais pas comment réagir. J'étais inquiet que ce soit sa mère qui lui ait mis cette idée en tête. Elle a beaucoup changé depuis quelques années. Je la sens moins patiente, moins professionnelle aussi. Elle veut mettre la main sur une découverte solide.

— C'est elle qui m'a dit où trouver le codex, a ajouté Alex.

— Je m'en souviens, ai-je dit en faisant signe à son père de continuer.

— Je vais vous rendre toutes vos découvertes. J'étais très sincère quand je disais que je les prenais pour moi, le temps de vous protéger. Tant que les gens de la Pieuvre ne seraient pas convaincus que vous aviez fait des découvertes, ils hésiteraient encore à se lancer après vous. J'ai demandé à Klaus de surveiller et de protéger mon fils, sans savoir qu'il travaillait déjà pour la Pieuvre.

— Mais il l'ignorait, l'ai-je interrompu.

— Après lui avoir parlé, je suis arrivé à la même conclusion. Il croyait qu'il s'agissait d'un petit contrat sans importance. Il ne se rendait pas compte que c'était la Pieuvre qui vous pourchassait.

— Que nous voulaient ces gens ? ai-je demandé.

— Au début, a poursuivi le père d'Alex, ils voulaient simplement la photocopie, ce qui leur aurait permis d'avoir un document non répertorié et d'avoir les mains libres pour faire leurs propres recherches. Ensuite, devant les difficultés, ils ont pensé vous suivre. Vous faisiez le travail à leur place.

— C'est ce que nous avons constaté aussi, a répliqué Rafi.

— J'ai tenté de vous convaincre de laisser tomber, mais vous n'écoutiez pas.

— Rien ne peut m'arrêter, monsieur Préfontaine. Je dois aller jusqu'au bout, ai-je affirmé.

— Ils sont sur vos traces et, cette fois, ils savent que vous détenez du sérieux. Vous avez les membres de la Chevalerie du Croissant avec vous, mais est-ce suffisant? a demandé le père d'Alex à Sogô.

— Nous avons fait nos preuves jusqu'à maintenant, a répondu Sogô avec son calme habituel.

— Vous avez des informations sur le puits d'Oak Island? a demandé monsieur Préfontaine. Une carte? Que détenez-vous?

— Vous comprendrez que nous ne pouvons pas vous répondre, a coupé Sogô.

— Évidemment. Je suis désolé, je voulais simplement savoir ce que la Pieuvre espérait trouver ici.

Dans un geste de grande tendresse, monsieur Préfontaine a pris son fils par l'épaule.

— Je suis désolé que tu aies découvert le problème de ta mère ainsi. J'aurais voulu l'arrêter avant, quand c'était encore le temps.

Alexandre semblait ébranlé par cette histoire et je le comprenais bien.

— Et Marje? a demandé Rafi.

Oh, vilaine jalousie qui m'a fait alors rougir de l'entendre s'inquiéter pour elle! J'avais volontairement évité la question. Je m'en voulais de ne pas être capable de passer l'éponge. Je devais arriver à ne plus être aussi rancunière.

— Elle a été contactée par Micheline qui lui a dit qu'elle était la mère d'Alexandre et qu'elle devait lui parler seule à seule, nous a expliqué Loup. Elle a ajouté qu'elle avait fait une découverte importante au sujet du trésor et qu'elle ne voulait la dévoiler à personne d'autre.

— Elle est bêtement tombée dans le piège, a ajouté Sogô. Bien entendu, elle s'en veut aujourd'hui. Elle a eu l'impression qu'elle pourrait racheter toutes ses erreurs d'un coup et nous apporter une information précieuse sur un plateau d'argent.

— Elle s'est plutôt retrouvée de nouveau aux prises avec des membres de la Pieuvre, a continué Alexandre. Dès mon arrivée, je l'ai fait partir. Ma mère n'a pas osé la garder de force devant moi. Elle ne s'attendait pas du tout à ce que je la démasque. Elle est partie avant que je puisse lui poser des questions. Mais je vais avoir des réponses, comptez sur moi.

— Que va-t-il se passer maintenant ? ai-je demandé.

— Eh bien, nous continuons ! a lancé Rafi comme si c'était un fait incontournable.

— Vous devriez abandonner ! a presque crié le père d'Alex. Vous êtes en danger, ces gens-là ne s'amusent pas, vous savez.

Mon idée était déjà faite. Il n'était plus question que je m'arrête. Pas rendue à ce point, pas si près du but, pas après avoir parcouru tant de chemin.

Arcadie… Acadie… J'avais l'impression que c'était l'élément important. Je devais suivre mon instinct tout simplement. Et c'est ce que j'allais faire.

Deux jours
plus tard

# Chapitre 27

Nous étions remontés à bord de l'avion, sans savoir où nous devions aller. Le père d'Alex allait tenter de retrouver sa femme avant qu'elle nous cause de nouveaux ennuis. Nous vivions un moment étrange. Toute l'équipe était là, de nouveau réunie. Jobs pensif, Charlotte avec son plâtre, Camille, de mauvaise humeur parce que plus rien n'avançait, Alexandre, encore ébranlé, Loup et Mathilde, qui ne se quittaient pas d'une semelle, Anaïs, qui était impatiente d'aller retrouver Liam à Montréal, et Rafi, Osiris et moi. Et la grenouille de Marje.

Sogô attendait de connaître notre prochaine destination. J'hésitais entre: «On rentre à la maison!» et... autre chose qui semblait me brûler le bout de la langue, mais qui refusait de sortir.

Je me suis assise dans le fauteuil de cuir, un peu découragée.

Nous connaissions maintenant notre véritable ennemi: c'était la mère d'Alexandre. Une idée m'est venue d'un coup. J'ai défait ma ceinture et j'ai demandé à retourner voir mes cousins.

Sogô et Rafi s'interrogeaient. Ils étaient déroutés par ma soudaine décision de retourner au village plutôt que de décoller.

— Rafi, tu te souviens l'autre nuit, quand je t'ai réveillé? Je t'ai dit que mes cousins en savaient plus qu'ils n'en disaient. Je dois parler à Jack. Je suis convaincue qu'il nous a caché des éléments. Peut-être parce qu'il pense que ça n'a pas d'importance, mais je crois le contraire.

— Qu'est-ce qui te fait penser qu'ils savent autre chose que ce qu'ils nous ont déjà dit? a répondu Rafi, un peu découragé. Tu ne crois pas que tu as trop d'attentes? Nous sommes arrivés à une sorte de cul-de-sac. Il faut tout simplement reprendre toutes les informations que nous détenons et les examiner calmement.

— Nous le ferons après, c'est promis.

— Bon, ce ne sont pas deux heures qui vont faire une différence, a dit Sogô. Je préviens le pilote et on trouve un taxi. Le chauffeur est reparti.

— Parfait! ai-je lancé avant de descendre les marches de l'avion.

Nous avons pris un taxi et nous avons filé jusqu'à la maison de Jimmy. Fred et Jack étaient surpris de nous voir de retour aussi rapidement après notre départ.

— Jack, je dois te parler, ai-je lancé en le tirant par le bras pour le faire entrer dans la cuisine.

Sogô et Rafi sont restés à l'extérieur pour expliquer ce que nous faisions là. Ils me permettaient ainsi de passer un peu de temps seule à seul avec Jack.

Nous nous sommes assis l'un en face de l'autre.

— L'autre jour, Jack, tu m'as parlé d'un Royaume d'hommes blancs. Je sais que tu ne m'as pas tout dit et si je suis ici, c'est pour entendre le reste de l'histoire.

— Ce ne sont que des légendes. Pour nous, la mémoire orale est aussi importante que celle écrite, parce que les mots appris ne disparaissent jamais. Ce qui est écrit peut être brûlé ou détruit. C'est pourquoi nous apprenons beaucoup par cœur. Mais les Blancs se méfient de ce qui se transmet depuis mille ans d'un père à son fils, ou d'une mère à sa fille.

— Je t'écoute, Jack. Je déciderai après si c'est important pour moi ou pas.

— On dit que des hommes sont venus en deux vagues. Je parle de temps très anciens. Les premiers sont venus après que leur terre fut ensevelie sous l'eau. C'étaient des gens très instruits et qui avaient de grandes connaissances.

— Atlantide ?

— Peut-être. Ils savaient que leur territoire allait disparaître.

Fred, mon frère et Sogô sont entrés sans faire de bruit et se sont assis pour écouter.

— Ils le savaient et ont pu quitter avant que cela n'arrive?

— Exactement. Ils se sont dispersés, certains vers l'ouest, d'autres vers l'est. Certains se sont installés ici. Les autres sont allés sur l'autre continent.

— Ils sont encore ici?

— Oui, ce sont les Algonquins.

— Les Algonquins pensent qu'ils sont venus d'un continent disparu sous les eaux? ai-je demandé.

— Oui, c'est leur légende, a confirmé Fred.

Ouf, je n'avais jamais pensé à cette éventualité. Les Atlantes auraient accosté sur le continent américain, qu'ils devaient déjà connaître. Ils avaient tout perdu et aurait dû reconstruire leur vie à partir de presque rien.

— L'autre vague dont tu parlais, Jack, c'est laquelle?

— Des hommes sont venus en bateau pour fonder un nouveau royaume. Ils étaient pacifiques et désiraient trouver un endroit où vivre en paix, loin de leur pays d'origine où ils auraient été persécutés et recherchés.

— Plusieurs personnes nous ont dit qu'il s'agissait de Templiers, a ajouté Fred. C'est pourquoi

Sinclair est venu, il savait que ces gens étaient ici et il voulait les rencontrer.

— Ils vivaient ici?

— Non, beaucoup plus au nord, mais Sinclair est venu jusqu'ici après les avoir rencontrés, a expliqué Jack.

— Les Algonquins et des Templiers... D'accord, mais où seraient-ils maintenant?

— Au nord, ont répondu mes deux cousins en même temps.

Je les ai remerciés chaleureusement. Je les ai rassurés: leur histoire allait certainement m'éclairer.

Je ne savais pas encore où nous allions exactement, mais c'était au nord. Un royaume appelé aussi Arcadie sans doute. Un endroit où des hommes sont venus avec un trésor inestimable et l'ont caché.

J'étais de nouveau en selle. Je devais aller parler à ma tante Winona. Si elle vivait chez les Micmacs de Gaspésie, ses ancêtres étaient Algonquins et elle m'avait bien dit qu'elle était plus près de leur culture que de celle de mes cousins.

Nous devions partir pour la Gaspésie de nouveau.

De retour dans l'avion, nous avons partagé ces informations avec tous les membres de l'équipe. Nous leur avons demandé de faire des recherches sur un groupe de personnes qui serait venu s'installer au nord du continent, il y a plusieurs siècles.

Après seulement quelques minutes, Jobs nous inondait déjà de nouvelles trouvailles. Jacques Cartier racontait dans ses récits de voyage qu'il avait cherché un peuple habitant un royaume et qu'il ne l'avait pas trouvé. Mais avait-il cherché au bon endroit?

Jobs nous a alors parlé de cette légende algonquine qui raconte effectivement qu'un peuple serait venu s'installer sur notre continent après la disparition de leur civilisation. Cette histoire rejoignait celle d'un autre peuple à l'est, c'est-à-dire en Europe.

— Les Basques! a-t-il lancé. Ceux-ci racontent une histoire très semblable. Leur légende assure qu'ils ont quitté un continent avant qu'il ne sombre dans la mer. Certains d'entre eux sont partis vers l'ouest, alors que d'autres seraient partis à l'est et se seraient installés au pied des Pyrénées, où ils vivent toujours.

— Attends... les Basques? C'est qui exactement? ai-je demandé.

— C'est un peuple dont le territoire est en partie en France et en partie en Espagne, m'a répondu Jobs en regardant son écran. Ils ont leur propre langue, que personne ne comprend. Il paraît qu'elle ne ressemble à aucune autre.

— Ils ont une culture différente de celles des pays qui les entourent, nous a expliqué Sogô. Ils n'ont pas la même langue, pas les mêmes jeux, ni les mêmes racines. On a fait des tests d'ADN dernièrement et on a conclu que les Basques étaient différents de tous par leur ADN et quand je dis de tous, je veux dire de tous les peuples d'Europe.

Eh bien, voilà! Nous savions où nous allions maintenant. À la recherche des Basques et des Algonquins!

# Chapitre 28

Dans l'avion, Marje boudait dans son coin. Personne ne s'occupait d'elle et nous devions encore la traîner avec nous, alors qu'elle aurait donné n'importe quoi pour retourner chez elle. Non seulement nous devions encore assurer sa sécurité, mais, en plus, il nous fallait supporter son humeur de meringue ratée.

Elle nous avait expliqué que la mère d'Alexandre voulait qu'elle reprenne du service pour la Pieuvre. Elle l'avait menacée de représailles, puisque Oliver avait été arrêté à cause d'elle. Il s'était fait passer pour son amoureux pour l'enrôler dans la Pieuvre, mais Marje l'avait dénoncé aux autorités. Heureusement pour Marje, Alex était intervenu à temps.

Leurs menaces étaient sérieuses, elle le savait, et elle ne s'éloignerait plus sans nous en aviser.

Alexandre racontait à Charlotte comment il avait réussi à convaincre son père de le laisser partir. Ce dernier lui avait promis de tenter de retrouver sa mère et de l'empêcher de le poursuivre.

J'étais heureuse de voir que la situation les avait rapprochés tous les deux. Charlotte attendait ce moment depuis longtemps et elle était enfin elle-même avec lui. Moins timide qu'auparavant, elle trouvait les mots pour l'encourager.

Cette aventure nous aura donc appris beaucoup de choses sur nous-mêmes, mais aussi sur les autres. Je regardais Anaïs, toujours présente, même si son cœur était loin de nous, auprès d'un autre. Elle s'est levée pour aller vers les toilettes. J'ai pu voir qu'elle était triste. J'ai décidé de la suivre.

J'ai entendu pleurer à travers la porte. J'ai frappé doucement. Elle n'a pas répondu.

— Anaïs? C'est moi… Ouvre, s'il te plaît.

— Laisse-moi deux minutes, a-t-elle répondu.

— Je sais que tu pleures, ouvre-moi.

Elle a ouvert la porte. Ses yeux étaient rougis par les larmes et elle regardait au sol pour que je ne les voie pas.

Les toilettes étaient assez grandes pour que nous y soyons toutes les deux. Je suis entrée et j'ai fermé la porte.

— Tu te souviens, on allait toujours aux toilettes ensemble, ai-je commencé doucement. Tellement de choses ont changé rapidement. Il y a longtemps que nous n'avons pas passé de temps toutes les deux, juste toi et moi.

— Tu vis des événements vraiment spéciaux, tu sais. Et puis, on vieillit.

Je lui ai pris les deux mains, comme nous faisions souvent lorsque nous étions petites.

— Les derniers mois nous ont changées toutes les deux. Mais tu sais que tu es ma meilleure amie pour la vie. Quoi qu'il arrive, tu seras toujours comme ma sœur.

— Pour moi aussi, tu es même plus que ma sœur, je crois. Mais je ne sais pas ce qu'il y a de plus, a-t-elle dit en finissant par sourire.

— Je me suis éloignée de mes amies, non ? Tu aurais dû me le dire. Je m'en rends compte seulement maintenant. Coralie va entrer à l'université et je ne sais même pas en quoi, et toi, tu es là, malgré le danger, malgré la fatigue.

— Je ne veux pas te laisser… Je veux t'aider.

— Mais, Anaïs, tu t'ennuies de Liam. Tu devrais être auprès de lui, pas avec moi.

— Ne dis pas ça. Je suis ici pour toi, a-t-elle répondu en fronçant les sourcils.

— Tu vois, Anaïs, c'est ce qui a changé dans nos vies. Avant, il y avait toi et moi, et quelques autres amis. Mais d'abord toi et moi. Maintenant, l'amour est entré dans nos cœurs. Nous sommes adultes et je ne sais pas exactement comment tout cela est arrivé. Mais nous avons évolué toutes les deux… J'ai Rafi qui compte beaucoup et tu as Liam qui a pris une grande place.

— Qu'essaies-tu de me dire ?

— Que je vais demander qu'on se pose à Montréal avant d'aller en Gaspésie. Tu vas retourner à la maison et appeler Liam.

— Tu ne veux plus de moi ?

— Ne dis pas de bêtises, Anaïs, ai-je répondu en la prenant dans mes bras et en la serrant très fort. Tu seras toujours mon amie. Je viens de te le dire… Mais je t'aime beaucoup et je veux que tu sois heureuse. Pour l'instant, ce n'est pas avec moi mais avec Liam que tu dois être.

— Mais je suis trop inquiète pour toi, a-t-elle dit tout doucement tandis qu'une larme coulait sur sa joue.

— Tu as vu cet avion ? Il est rempli de gens qui s'occupent de ma sécurité !

Je ne pouvais plus retenir les larmes qui envahissaient mes yeux. Je l'ai regardée et nous riions un peu et pleurions à la fois.

Nous n'étions plus les amies inséparables qui faisaient toujours tout ensemble. Je revoyais des images de notre enfance et j'étais reconnaissante à Anaïs de m'avoir fait passer de si beaux moments. Notre vie d'adulte commençait et tout serait différent maintenant.

Plus jeunes, nous avions passé des soirées à parler des garçons, de ceux qu'on aimait et de ceux qui nous embêtaient. J'avais tout partagé avec Anaïs et si je lui demandais de retourner chez elle, c'était tout simplement parce que je voulais le meilleur pour elle. Je souhaitais qu'elle soit heureuse et, pour l'instant, c'était Liam qui pouvait lui apporter le bonheur.

— Tu es certaine que c'est ce que tu veux, Savannah?

— Tu vas me manquer pour le reste de l'aventure, mais je vais savoir que tu es heureuse; c'est le plus important pour moi.

Nous sommes sorties des toilettes après nous être séché les yeux et nous être assurées que plus rien ne paraissait. En retournant vers mon siège, j'ai demandé à Sogô de faire un arrêt en route. Il a compris tout de suite.

Je suis allée m'asseoir. J'observais discrètement chacun de mes amis l'un après l'autre. Quelle chance j'avais d'être entourée de gens aussi formidables. Sogô m'a souri quand nos yeux se sont croisés et il m'a fait signe que notre petit détour sur Montréal était réglé.

J'avais même découvert des cousins extraordinaires et qu'une femme pirate dormait en moi. Un capitaine de navire prêt à parcourir le monde à la découverte de trésors. Je ressemblais non pas à un pirate moderne, comme ceux qui attaquent encore les bateaux de touristes, mais plutôt à ces gens à la recherche de trésors disparus. J'étais un corsaire, au service de son destin.

;)

J'avais apprécié l'accueil chaleureux que nous avions reçu en Nouvelle-Écosse. Et que dire des paysages de cette région qui portait si bien son nom : Arcadie, devenue Acadie…

# Chapitre 29

*Et in Arcadia ego.* Je suis aussi en Arcadie.

J'ai demandé à revoir le cryptex. Une idée folle venait de me traverser l'esprit. Rafi m'a tendu l'objet que j'ai regardé avec attention.

Les signes du code étaient assez simples. C'étaient des formes plutôt que des lettres, mais nous savions que la plupart venaient de l'alphabet secret des Templiers.

Je ne savais pas si je devais oser, mais dans *Et in Arcadia ego,* il y avait bien quatorze lettres et, depuis le départ, nous cherchions un indice comptant exactement ce nombre.

J'ai expliqué mon idée à l'équipe. Rafi a dit que nous devions vérifier si les signes correspondaient.

Une effervescence s'est emparée de mes amis qui sont tous venus près de moi. Et si je détenais enfin la réponse ? Si nous tentions d'ouvrir ce cryptex ? Où nous mènerait-il ?

Les symboles templiers s'alignaient parfaitement, comme si les autres n'avaient été ajoutés que pour nous égarer. Il ne restait qu'à prendre le risque d'ouvrir le cryptex. Mais si je me trompais, le document caché à l'intérieur pourrait disparaître à tout jamais. C'était une décision délicate. Cependant, à ce point-ci de mon aventure, je devais me faire confiance.

Tout le monde attendait que je dise ce que j'avais l'intention de faire. Cette phrase revenait partout, de la France à l'Écosse, en passant par l'Angleterre et l'Amérique. Je ne devais pas hésiter.

— Si nous détruisons ce qu'il y a dans le cryptex, nous ne saurons jamais ce qu'il voulait nous dire.

— Savannah, nous parcourons le monde sans savoir ce qu'il y a dedans. Ce n'est qu'un indice de plus, m'a expliqué Rafi.

— Rafi a raison, a continué Sogô. C'est un élément seulement. Si nous le perdons, cela ne veut pas dire que tout est perdu. Nous pourrons trouver le trésor d'une autre manière.

— Tu sais que nous allons manquer de temps, Sav, a ajouté Anaïs qui n'avait presque rien dit depuis des jours.

— Si tu l'ouvres, nous gagnerons beaucoup de temps, c'est vrai, a conclu mon frère Loup.

Bon, ils semblaient tous d'accord pour tenter d'ouvrir ce cryptex venu de très loin. Cet objet m'était destiné, selon plusieurs.

Je tournais l'objet dans mes mains... puis j'ai inscrit les lettres une à une, avec l'aide de Rafi qui avait l'alphabet devant les yeux. Il ne fallait pas nous tromper. Nous avons vérifié et revérifié. Je sentais la sueur perler sur mon front. La tension était forte et la peur de me tromper était très présente. J'ai pris le temps de respirer. J'ai déposé l'objet sur mes genoux.

Je devais attendre quelques minutes. Je devais d'abord me calmer.

C'est à ce moment que j'ai entendu aboyer. J'avais complètement oublié que Rafi avait décidé d'adopter Osiris et qu'il le ramenait avec nous.

Il a sauté sur mes genoux et a fait tomber le cryptex par terre.

— Nonnnnn, Osiris... Nooooon!

# Chapitre 30

J'ai mis le chien par terre et j'ai regardé l'objet qui ne semblait pas être endommagé. Mais il était clair que ce chien était une malédiction, une jolie malédiction pleine d'amour, d'accord, mais tout de même.

J'ai secoué mes mains dans les airs pour les détendre. J'ai pris une grande respiration et j'ai ramassé le cryptex au sol. J'ai tourné et tiré chaque bout du cylindre. Un clic s'est fait entendre. Je n'osais pas regarder. J'ai tiré plus fort. J'ai entendu Rafi réagir et j'ai su que j'avais réussi.

— Tu l'as… Tu l'as! a crié Rafi, enthousiaste.

Dans le cryptex se cachait un petit bout de papier. Je ne savais pas ce que je trouverais en l'ouvrant, mais je m'attendais à découvrir un autre message codé. Je ne voulais pas décevoir mon équipe. S'il s'agissait encore d'un message secret, j'avais peur que certains décident de m'abandonner.

J'ai déroulé le bout de papier lentement. Quelle ne fut pas ma surprise de découvrir une carte!

— Oh! a fait Camille qui sautillait sur place et qui retrouvait enfin sa bonne humeur.

— Fantastique! a lancé Sogô.

Tout le monde était enthousiaste et tentait de voir par dessus mon épaule. Rafi et Loup se sont tapé les mains en signe de réussite. C'était un grand moment. Nous avions réussi à ouvrir l'objet trouvé dans la grotte de la forêt d'Orient.

:)

J'ai étendu le papier avec précaution. C'était une carte que nous allions devoir essayer de comprendre et un tout petit message codé, avec les mêmes symboles que le cryptex.

Jobs a immédiatement trouvé des images semblables. C'était une copie ou l'original d'une carte très ancienne. Ce n'était pas facile de comprendre ce qu'elle nous montrait, car rien ne ressemblait à ce coin du monde. Il allait falloir prendre le temps de l'examiner avant de savoir où elle pourrait nous conduire.

Nous étions en route vers une nouvelle conquête, plus convaincus que jamais que nous approchions du but. Ensemble, nous étions plus forts que nos ennemis. Ensemble, rien ne pourrait nous résister!

# Savannah, tome 12

## Le trésor d'Arcadie

Savannah a enfin ouvert le cryptex et de nouveaux indices la conduisent auprès des Algonquins. Elle découvrira l'histoire des Basques, un peuple mystérieux qui a souvent longé nos côtes.

Elle cherche l'Arcadie, cette région mystérieuse que plusieurs ont située en Amérique, et elle trouvera des traces de Templiers là où elle ne s'y attendait pas.

Dans le sillage de civilisations disparues et de terres inexplorées, Savannah s'approchera du trésor tant convoité. Elle découvrira le chemin parcouru depuis des milliers d'années par un objet mythique parti d'Égypte et laissé sur les côtes d'un Royaume.

# À suivre...

# Dans la même collection

SAVANNAH TOME 2,
Ne pars pas

SAVANNAH TOME 1,
En plein cœur

SAVANNAH
TOME 3,
En péril

SAVANNAH TOME 4,
Le feu sacré

SAVANNAH TOME 5,
Aucun répit

**SAVANNAH** TOME 6,
Le secret d'Isis

**SAVANNAH** TOME 7,
La clé des mystères

**SAVANNAH**
TOME 9,
Le talisman oublié

**SAVANNAH** TOME 8,
Retour aux sources

**SAVANNAH** TOME 10,
En terres inconnues

Suivez-nous sur le Web

RECTOVERSO-EDITEUR.COM

FACEBOOK.COM/EDITIONSRECTOVERSO

MARQUIS

Québec, Canada

Achevé d'imprimer au Canada